靖国神社の緑の隊長

半藤一利

幻冬舎文庫

まえがき
靖国神社について

あらためて書くまでもなく、靖国神社はちょうど東京の真ん中あたり、九段の坂の上に建つ大きな神社です。もとは明治二年（一八六九）につくられたのですが、そのときは「東京招魂社《とうきょうしょうこんしゃ》」という名前であったのです。

江戸時代は、徳川家が二百六十年もの長きにわたって征夷大将軍としてこの国のすべての権力をにぎっていたのですが、一八〇〇年代のなかばごろから徳川幕府の方針に真っ向から反対する勢力が出てきた。反幕府側が幕府の重要人物を襲《おそ》って暗殺したり、逆に幕府側が必要以上に反対派を弾圧したり、おたがい行動が過激になっていきます。そうしているうちに、いよいよ武力で決着をつけようというところまでいってしまう。

薩摩藩（いまの鹿児島県）や長州藩（いまの山口県）などの強力な反幕府勢力が〝官軍〟と称して徳川幕府軍を打ち負かしました。日本の国のなかで戦争をやったんですね。これを戊辰《ぼしん》戦争といいます。その内戦のなかでたくさんの薩摩と長州の、サムライたちが死んでいった。

かれらの多くは、〝勤王《きんのう》の志士《しし》〟とよばれ、脱藩してしまっていたために、その霊が生まれ育った故郷に帰ることができずに行くあてもなくさまよっている、と考えられました。その魂を集めてなぐさめるために「東京招魂社」は明治になるとすぐに建てられたのです。

さらに明治五年（一八七二）に徴兵制度がつくられます。男子は二十歳になると徴兵検査を受け、軍隊に入って兵になることが義務づけられました。兵隊ですから、戦争で死ぬこともある。

兵として死んだらどうなるか？　その答えを用意しておかなくては、兵となる本人、ましてや夫や息子を軍隊におくりだす家族が不安になってしまう。そこで、「天皇の軍隊の一員として戦死したら、靖国神社に神様として祀《まつ》られる」という仕組みがつくられたのです。そして明治十二年（一八七九）には「東京招魂社」は「靖国神社」へと、名を変え、すがたを変えました。

そういうなりたちの「天皇の軍隊の戦死者を祀る」神社なので、戦争で死んだおなじ日本人でも、戊辰戦争で負けたほうの、徳川側についたひとたちや、そののち、空襲や原爆によって犠牲となった一般の国民は祀られていません。

では、戦争中のラジオから聞こえてきた靖国神社の御霊《みたま》を祀る儀式はどんなものであったのか。

おごそかな雅楽《ががく》（日本古来の楽器で演奏する音楽）の調べとともに、神主《かんぬし》さんが戦死した兵士たちの名前をひとりひとり丁寧《ていねい》に読み上げ、また、神様にささげる「祝詞《のりと》」をロウロウと唱えるのです。よび寄せた「英霊」の「御霊」が「神」になって神社に祀られていく、という儀式でした。

神社には遺族が全国から集められ、「ありがたいことです」と、儀式に感激する声も、電波に乗ってつたえられました。ラジオに聞きいっていると、とても重々しい雰囲気につつまれていることがわかりました。

わたくしのまわりの大人たちも、厳粛《げんしゅく》な顔つきをして聞いていましたから、その雰囲気をこわすようなことは、たとえ子どもであってもけっして許されませんでした。

儀式に参列した遺族の心のなかには、ほんとうは父や息子や兄弟の遺骨が帰ってこないことへのやるせなさや悲しみがあったことでしょう。あるいは行き場のないいきどおりもわきおこっていたことでしょう。戦争のおしまいのころともなると、「もう戦争なんかイヤだ」という反戦の気分が、ひそかに世の中をおおっていました。ようするに靖国神社は、そうした感情を抑え込むひとつの荘厳《そうごん》な仕かけでもあったのです。

戦争が終わると、日本人のなかには、これで死なずにすんだと、ほっとした気分がひろがったことも事実です。しかしそのいっぽうで、全身から力が抜けていくような気分にとらわれた。国のために、なにもかもがまんして一所懸命に戦ってきたのに、敗戦というきびしい現実を前にすると、その努力のすべてがむなしいものになってしまったからでした。

ですから戦後の靖国神社が、精神的に疲れはてた多くの日本人にとって、「戦争には負けたけれど、わたくしたちは、あなたたちのことを忘れないよ」と語りかけるだいじな聖地となったことも、たしかだと思います。

では、「兵士の死」とは、太平洋戦争の場合どのようなものであったのか。〝戦死〟というと銃撃《じゅうげき》や爆撃《ばくげき》による死をイメージするひとが多いかもしれません。けれどじっさいはちがいました。兵士（軍属を含めて）の死者はおよそ二百四十万人といわれていますが、そのうちの七割は、食べものや飲みものがなく、飢えて亡くなっています。最低限の食糧さえ補給されず、日本から遠く離れた山のなかや、聞いたこともない名前の島で見捨てられた、無残な死でした。その数、じつに百六十万人以上です。

かれらを見捨てたのはだれでしょうか。軍と政治のトップリーダーたち、つまりは日本の国家でした。日本の国は戦後、かれらの遺骨のほとんどをほっぽったまま、名前だけを記して「英霊」として靖国神社に祀ってきたのです。戦後の歴史をふりかえってみると、靖国神社と死者の関係にはまた別のものも見えてきます。

昭和五十三年（一九七八）のことです。靖国神社はいわゆるA級戦犯《せんぱん》のひとたちをいっしょに祀ることにしました。このA級戦犯とは、戦争に勝利した連合国がひらいた裁判で、戦争を起こした罪に問われて絞首刑に処された戦争中の日本の指導者たちのこと。戦争をはじめた内閣の大臣や軍隊のトップたちです。このほか終身刑となったあと、刑期中に病死したA級戦犯も祀られました。これを「A級戦犯合祀《ごうし》」といいます。

このことによってそれまでの靖国神社とは性格が大きく変わってしまった。「天皇の軍隊の、戦死者だけを祀る神社」ではなくなったからです。むずかしい言葉ですが、あえていうなら「政治的な意味をもった施設」になってしまった。

昭和天皇は戦争が終わってから靖国神社を八回参拝しましたが、昭和五十年（一九七五）を最後に行くのをやめてしまいました。あとをついだ天皇もそれを受けついで行っていません。

昭和天皇は、戦争の犠牲になった将兵たちといっしょにA級戦犯を祀ることに不快感をいだいたようです。

「だから私（は）あれ以来参拝していない　それが私の心だ」と昭和天皇が語ったことを、ちかくにつかえたひとが記したメモが公開され、わたくしたちはそのことを知ったのでした。

このわたくしも、A級戦犯がいっしょに祀られるようになるまでは、ふつうに靖国神社をおとずれては頭をさげていましたが、それ以降は、たまに足をはこぶことはあるものの、心のなかに、やっぱりわだかまりがあるのです。むかしのように素直な気持ちで参拝できないのです。

これはなにもA級戦犯合祀だけが理由ではありません。

いまの日本人にとって「戦争の死者」とはだれのことか。

昭和天皇が、昭和二十年（一九四五）八月に発表した終戦の言葉に、「帝国臣民にして戦陣に死し職域に殉じ非命に斃《たお》れたる者およびその遺族におもいをいたせば五内為《ごだいいため》に裂く」という一節があります。むずかしい言葉ですから、意味がわからないかもしれませんね。簡単にいうとこういうことです。

「戦場で死んだ兵士と、船員さんのように仕事として戦争にかりだされて亡くなったひとと、そして空襲や動員で死んだ一般市民たち、かれらの遺族、そのひとたちのことを思えば胸が張り裂けそうに悲しい」

「五内為に裂く」とは中国の言葉で、両親が死んだときにつかわれるような最大級の悲しみの表現です。「五内」とは五臓、つまり内臓のことです。それが張り裂けるほどの悲しみである、と。

昭和天皇が思ったように、わたくしも思っています。そもそも戦争の犠牲になったひとたちを選別するのはよろしくないと。戦場だけではなく、市民の死者までふくめて「戦争の犠牲者」なのです。

昭和二十年三月、東京の下町を襲った東京大空襲でわたくしは、奇跡的に命びろいをしました。

空から絶《た》え間なく襲いかかってくる焼夷弾《しょういだん》に追い立てられながら、四方をうねる炎の海を逃げまどい、最後に川に飛び込んで助かった。わたくしはその川辺で、赤ちゃんを抱いた若いお母さんが一瞬《いっしゅん》で炎につつまれていくすがたを見ました。あの日、どれほどたくさんの、無残な死体を見たことか。

戦争の犠牲者をどう追悼したらいいかと聞かれれば、わたくしの答えは決まっています。

日本がいつまでも平和でおだやかな国であることを、亡くなったひとたちに誓うこと。わたくしのこの考えが変わることはありません。

靖国神社の緑の隊長◎目次

まえがき　靖国神社について　3

大江季雄《おおえすえお》少尉
戦場の棒高とびオリンピック選手　17

小尾靖夫《おびやすお》少尉
ガダルカナルで生きのびた連隊旗手　39

北本正路《きたもとまさみち》少尉
ニューギニア山中の駅伝ヒーロー　66
加藤徳之助《かとうとくのすけ》軍曹
南の島に雪を降らせた男　84
松木外雄《まつきそとお》一等水兵ほか
漂流二十七日の死闘　105
川崎渉《かわさきわたる》　少尉ほか
三度もどってきた特攻隊員　124

今村均《いまむらひとし》 大将
国破れて名将ありといわれたひと 146
吉松喜三《よしまつよしぞう》大佐
靖国神社の緑の隊長 168
あとがき　終戦七十五回目の夏に 198
解説　加藤陽子 202

大江季雄《おおえすえお》少尉
戦場の棒高とびオリンピック選手

棒のにぎりをしっかりと決めて、いよいよ助走に出ようとするとき、とつぜん、首をかしげるように、ちょっと左に倒す。

これがその選手のクセでした。

また、上くちびると下くちびるとを口のなかにひっこませ、真一文字にくいしばる。

これも、この選手の闘志をあらわすクセでした。

大江季雄選手のこのクセがしぜんに出たとき、知るひとはみな、「やってくれるぞッ！」と期待を大きくふくらませたといいます。それはほんとうに頼もしいクセなのでした。

昭和十一年（一九三六）八月、ドイツの首都ベルリンでおこなわれた第十一回オリンピックで、日本の国民は大江季雄選手の、このクセのある勇ましいすがたを見ることはできません。まだテレビ放送などはじまるずっと前のことでした。

昭和十一年八月五日、ベルリンオリンピックの棒高とび競技は、大会五日目におこなわれます。その日は、朝から雨、風、晴れ、とコロコロと天気が変わる、不気味《ぶきみ》な空もようの一日でした。

午前十時半にはじまった競技は、とちゅう雨のための中断をはさみながら、五時間もの時間をかけて、ようやく決勝まで進みました。メドウス、セフトンというふたりのアメリカ選手と、西田修平、大江季雄の日本選手がベスト4に残り、金メダルをめざして争うことになりました。

三メートル五十からはじめられた棒高とびのバーがしだいに高くなり、四メートル三十五まで上げられる。

すでに陽《ひ》はとっぷりと暮れ、夕やみがスタジアムをうめつくしていました。

その日に予定されていたほかの競技はすべて終わっています。スタジアムの夜間照明は、その光の中心に場内の一点を照らしだしていました。

冷たい雨はまだやんでいません。時計の針は八時をさしました。

アメリカの二選手が跳ぶときは、観客席が口笛でうなりをあげました。アメリカ式の応援でした。

日本選手が登場すると、スウェーデンの応援団がまっさきに叫びました。

「ヘヤーヘヤー、ニシダ！　オオエ！」

それにつられておおぜいの人びとが声をあわせます。

「ニシダ！　オオエ！」

「ヤパーナ！」

ヤパーナとは日本人のことです。

もはやふたりは、日本の西田、大江ではありませんでした。〝世界の西田、大江〟が、そこに戦っていたのです。

いよいよ四メートル三十五にバーは上がりました。一本目は四人とも失敗。そして二本目、メドウスの右手がかすかにバーにふれる。失敗か？　バーはちょっとおどったけれども落ちなかった。成功。いっぽうセフトン、失敗。大江、西田のふたりも失敗でした。

ついに最後の三本目。

観客は口ぐちに、

「ヤパーナ、オオエ！」

を叫びに叫んでいました。大江選手は助走路のはしに立ちました。そしてセーターをぬぐ。四歳年上の西田選手はこれをだまって受けとる。叫びつづけていたスタンドが、瞬間《しゅんかん》、ピタリと声をひそめました。そして照明をあびた細い身体に注目が集まります。

大江選手は、カクンと小首を左にまげ、グッとくちびるをかみました。数秒、じゅうぶんに息を吸いこんで、胸がいくらかふくらむ。と、無造作《むぞうさ》にトントンとスタートを切りました。

これが最後の跳躍《ちょうやく》と思えないほど軽快に、速度をましてくる。棒を身体の左にかかえ、グングン横木に向かって突進してくる。一歩一歩、栄光をめざして。人びとはハッと息をのみました。

大江季雄は大正三年（一九一四）、京都府の東舞鶴に生まれています。舞鶴中学（現、西舞鶴高校）時代から棒高とびの選手でした。慶應義塾大学に入るとグングンとその力をのばしてたちまち慶應のホープに。

しかし慶應のホープから日本のホープになるまでは、練習につぐ練習の、つらい日々がありました。

大江選手は子どものころから大の朝寝坊で、運動部の合宿のときに、起床のいちばん遅いのは大江選手。だから、そのすがたが食堂にあらわれるころには、ほかの選手の食事はすんでいて、食卓の上は、あらかたなくなっていたそうです。

お茶わんを片手にもち、残りのおかずをさがしまわる大江選手のすがたを見て、仲間たちはおもしろがったといいます。また、かれはすべてに無頓着《むとんちゃく》でした。いらなくなった古本を本屋に売ったあと、

「そのお金でたい焼きをいっぱい買って、得意そうに、そしてうまそうにほおばりながら、ウチの娘たちにも、〝食え、食え〟と、ひとごみのなかで大きな声をあげたりしましてね。かの女たちを困らせていましたっけ。ハハハ……。じつにノンキで天真らんまんなヤツでした」

こういってなつかしがるのは、義理の兄さん、金窪安三さんです。かれのまわりには、いつもあたたかなあかるい雰囲気があって、だれからも好かれていました。心のやさしいひとだったのです。

そんな大江選手は、それこそ棒を一本かついで、ヨーロッパ、南米、アメリカ、フィリピンと、世界を股にかけてあばれまわり、日本の棒高とびのレベルの高さを世界に示すことになりました。

そして、いまオリンピックという晴れの舞台でいどんでいるのが四メートル三十五。

ひとくちにいうのはやさしいが、見上げてみれば恐ろしいバーの高さです。しかも、西田も大江もまだその高さをとんだことがない。

いまこそ勝負のときでした。

大江はまなじりを決してそこにつっこんでいきました。

翌日の表彰台には、一位のメドウスを中心に、二位西田、三位に大江選手が立っていました。ついに西田、大江両選手とも、四メートル三十五をとぶことができなかった。しかし、成功と失敗の回数の関係で、セフトンを蹴落とし、日本人どうしで二位三位をわけあったのでした。

星条旗をはさんで、日の丸が二本スルスルとポールにかかげられたとき、日本人はいうまでもなく、すべての観客から、割れんばかりに拍手が起きました。

大江はほほ笑んでいました。

「オレはじゅうぶんに戦った。満足できる」

満面の笑みでした。

平沼亮三派遣団長は、わが子のような西田、大江両選手の晴れすがたを、遠くからじっと見つめていました。しかし、やがてじっとしていられなくなる。

平沼団長はカメラをもって貴賓席《きひんせき》の最前列に走りより、身をのり出して、そこから落ちそうになりながらもシャッターを切りまくっていました。若者たちの栄光を、永久に残そうとする熱い思いが、老いた団長をかりたてたのです。

昭和十一年（一九三六）八月十六日の夜、ベルリン大会は終わりました。

その閉会式は、照明と音楽と合唱が、大砲を鳴らす音と交錯する劇的なものでありました。あとから思えば、それはナチス・ドイツの世界政略の起点として、世界が第二次大戦へと突入しようとする運命を暗示する、平和とのお別れのセレモニーといえるものでした。

その日をさかいに、軍靴《ぐんか》の音がしだいに高まり、スポーツの祭典をみんなでたのしんだその余韻《よいん》などあっというまに消し去られ、荒々しい気運が各国をおおったのです。

日本もまた、そのなかにいました。大江選手は、慶應義塾大学卒業後、義理の兄さんの会社に就職するのですが、やがて召集令状を受けとり、故郷の京都にある福知山連隊に入隊しました。昭和十五年（一九四〇）の秋のことでした。

階級は少尉、第五中隊の第一小隊長になりました。軍隊における〝英雄〟になることを、こんどは国から求められたのです。

昭和十六年（一九四一）十二月八日、日本は第二次世界大戦に加わります。アメリカとイギリスに宣戦を布告して、アドルフ・ヒトラーがひきいるドイツと組んで、新しい世界体制をつくることを決定するのです。

開戦と同時に、大江小隊長が所属する福知山連隊は、フィリピンに敵前上陸することを命じられます。敵が待ちかまえているフィリピンに、かれらは先頭を切って進んでいきました。

兵士たちを乗せた船団は、開戦よりひとあし早く十一月の十三日、大阪港を出て奄美大島に向かっています。古仁屋《こにや》で待機中に、大戦がはじまったことをかれらは知ることになるのです。

上陸するフィリピンの、ルソン島ラモン湾に向かって出港。大江少尉が乗るのは隆洋丸という船でした。

大江少尉は、偶然、おなじ船に京都師団野戦病院軍医として、兄の泰臣《やすおみ》が乗っていることを知ります。

「なんだ、おまえか」

「兄さんといっしょでしたか」

という出会いから、ふたりはかたときも離れませんでした。兄弟はとても仲がよかった。船のなかではほとんどいっしょに食事をとり、ならんでデッキを散歩したといいます。

大江少尉が「マニラについたらぼくが案内しますよ」というと、

「あまりはりきってばかりいるなよ。試合じゃないぞ、ハハハ……」

兄さんの泰臣中尉は笑ってひやかしたのでした。

じつは大江少尉、選手時代にマニラで日の丸をメインポールにあげていました。極東選手権競技大会、これはいまのアジア競技大会のことですが、その快挙は昭和九年（一九三四）、十九歳のときのことでした。

軍人になっても、選手時代を忘れない大江少尉です。輸送船での日々のなかでもスポーツマンらしく、換気塔にぶらさがってトレーニングにはげんでいました。かれはひそかにスパイクまで用意してもってきていたのです。

「これでマニラの運動場をはねまわりたいです」

と、なんども出しては手入れをしていました。そして、ベルリン五輪の翌年、見事にとぶことのできた四メートル三十五の記録のことをなつかしそうに兄さんに語るのでした。

船は真東に向かって三日ほど航行し、直角に南下して、また直角に方向を変えて、今度は真西の航路をとりました。

十二月二十四日、暗闇のなかを上陸地点前千五百メートルに船はエンジンをとめました。

午前零時。上陸の命令がくだります。

大江少尉は軍医室にとびこみました。ちょうど軍医室には、いざというときにそなえて、にぎり飯が山のように積まれていました。大江少尉はそのひとつをつかみ、

「じゃあ、兄さん、行ってくる」

ただそれだけをいって一度は出ていきましたが、すぐまたもどってきてもうひとつ。そして、

「マニラで待っていますよ」

と、ニッコリと笑って立ち去った。

この上陸は〝奇襲〟、つまり攻撃をかけることを敵に知られることなく不意打ちすることが予定されていました。

敵に動きを察知《さっち》されてはなりませんから、上陸地点の偵察はしていません。海からも空からもなんの援護もありません。歩兵部隊だけで上陸をおこなうの

です。敵中にハダカになって突入するのとおなじような、思いきった、そしてある意味では無謀な作戦でした。

その上陸地点は首都マニラにちかく、戦前から日本軍もアメリカ軍も、ともにどうしても確保しておきたい拠点だったのでした。日本軍はがむしゃらにつき進んでいきます。モーレツな反撃を受けるのは覚悟の上でした。

真っ暗な海面を進む船がつくりだす波がしらには、数えられないほどの夜光虫が明るくなったり暗くなったりしていました。

兵士はみな前方のヤシの林をにらんでいます。

大江少尉は、もしかしたら、このときも小首を左にかたむけてくちびるをかんでいたかもしれません。

予想どおり、敵はとつぜん、いっせいに夜空を照らす曳光弾《えいこうだん》を撃《う》ちはじめました。空は一気に明るくなり、視界がひらけました。流れてくる弾丸がヒューンヒューンと不気味《ぶきみ》なひびきをたてながらちかくを飛び去っていくのが見える。そのなかを、いよいよスピードを加えて、上陸用の舟艇《しゅうてい》はまっすぐに突進していきます。

上陸の第一団をおくると、その舟艇は、第二団をはこぶために本船の隆洋丸にもどることになっていました。兄さんの泰臣中尉はそれを待っています。一時間、二時間、時間は容赦《ようしゃ》なくすぎていきます。

陸上の敵の銃声と大砲のはなつ炎は、ますますモーレツになるいっぽうで、当然のことながら、不安がつのりました。

午前三時をすこしまわったころ、かすかなエンジンのひびきが近づいてきます。泰臣中尉は思わず身をひきしめました。船中も緊張がたかまります。

「負傷者、負傷者ッ！」

泰臣中尉には、それが大江少尉の声のように思えました。

上陸用舟艇が本船に横づけになって、下から大声があがりました。

「負傷者を早く収容せよ。こちらの船にまだ浸水はないが、早くしないと沈むぞッ！」

ただちに太い縄がおろされ、小舟をつるすようにしばりつけられ、負傷者の救助がはじまりました。

最後のひとりを収容するかしないかするうちに、縄は切れ、上陸用の船はドッシャーンという大きな音をたてて、あっというまに海中に落ちていきました。

「だいじょうぶか？　だれもいなかったのか？」

「だいじょうぶだ、自分が最後だ」

そういいながら船にあがってきたのは大江少尉でした。

少尉は最後まで「収容せよ」と叫びつづけ、それに力をふりしぼり、自分は沈没するまぎわまで舟艇に残っていたのです。

しかも、少尉はすこしもだいじょうぶではありませんでした。その軍服は血にまみれ、かなり苦しそうな表情でした。

外科主任の診察の結果、少尉の傷は致命傷と判断されました。左上から右下へとお腹を銃弾がつらぬいていたのです。そのとき、肝臓も腸もくだけていたといいます。

しかし少尉は、元気をふりしぼり、そばについていてくれていた軍医中尉、野木《のぎ》楢二《ゆうじ》に聞きました。

「兄はどこにいます？」

「いま忙しいんだ。あとからくるから待っていてくれ。それより、戦況はどんなようすだった？」

少尉はしっかりと、こう答えたそうです。

「上陸用舟艇が岸につくより前に、モーレツな反撃を受けたのです。わが艇はすっかり浸水してしまい、浅瀬にのりあげました。自分は〝飛びこめッ！〟と号令をかけてみずからも飛びこもうとしたとき、残念ながら、このお腹を撃ちぬかれてしまいました。飛んだりするのは自分の本職だったのに……」

少尉はそういって、うっすら笑みをうかべたそうです。

上陸用の船は無数の穴をあけられたために浸水しはじめ、負傷者もどんどんふえていく。兵士たちは必死で水をくみだして、船体を浅瀬から押しだし、負傷者をすくおうと本船にもどってきたのでした。

少尉の意識ははっきりしていました。報告も、きちんと落ちついていましたが、容体《ようだい》は悪化していきます。

軍医の野木中尉はドアの外にとびだすと、走って同僚の泰臣中尉をさがしました。せまい船内のことです。すぐにさがしだすことができましたが、泰臣中尉はただひとこと、

「わかっています」

そういったきり、だまってうなだれていました。

兄は外科医です。くわしく聞かなくても弟の運命をさっしていたのでしょう。

さらに、かれはお腹に傷を受けたときの苦しみも知りつくしています。

「とてもではないが、わたしは見るにたえない。だから、もしものときに知らせてほしい」

そういったその目には、うっすらと涙がうかんでいたといいます。

いよいよダメかと思われたとき、ほかの場所で治療にあたっていた泰臣中尉がよばれました。中尉は顔色を変えて病室にとびこんできます。

「兄さん、忙しかったろ？」

瀕死《ひんし》の大江少尉は小声で聞きました。兄、泰臣中尉は、ただうなずいて弟を見つめるばかりでした。弟は苦しみを必死に耐えています。

船室の丸窓から見える空が、うっすらと明るみを見せはじめていました。銃声、砲音はやみません。激しく鳴りつづけていました。少尉の顔にはもう血の気がありません。

「兄さん、マニラはダメだったね」

それが最後となりました。大江少尉は、首を左にガクッと落としました。くちびるはふだんのまま。心なしか、かすかにあいていました。

軍医の兄は、弟の遺体をだいたまま、しばらくじっとすわっていました。このとき涙はなかったそうです。

ふたりをちかくで見ていた元軍医の野木さんは語ってくれました。

「ほんとうに大江さんの死に顔はきれいでした。いまでもはっきりおぼえています。すきとおるような白い肌でした」

数日後、泰臣中尉は弟の遺骨を胸に、なつかしのマニラの運動場に立っていました。

すっかり晴れあがっていました。それは大江選手が棒を手に優勝への栄冠につき進んだときとおなじ空の青さでした。

昭和十九年（一九四四）十月、日本軍はフィリピンのレイテ島でアメリカ軍の上陸をむかえ撃《う》つ作戦をとるのですが、敵の圧倒的な戦力の前につぎつぎと敗走。泰臣中尉も、この戦いで戦死しています。弟の死から二年十カ月後のことでした。

小尾靖夫《おびやすお》少尉
ガダルカナルで生きのびた連隊旗手

「もう四十歳になりました」

これが小尾靖夫さんの、昭和三十六年（一九六一）初春の、しみじみとした感慨です。

女の子をカシラに三男三女の父、平凡な家庭の主人としておだやかな日々をおくっているかれにわたくしは会いにいきました。うららかなお正月の一日でした。

戦後の平和は、運よく日本に帰ってこられた元兵士たちに、ささやかな幸せを数多くもたらしました。しかし、ふとしたときに、骨をぶち折られるような、あの機銃掃射《きじゅうそうしゃ》の恐怖にハッとめざめさせられたりもします。

いまでは〝機銃掃射〟などという言葉は、聞いたことがないでしょうね。それは、機関銃でなぎ払うように連続して銃撃をあびせることです。空襲のときは、低空を滑空する戦闘機が、逃げまどう人びとをもてあそぶように機銃掃射でつぎつぎ撃ち殺していきます。狙われたほうの身体はもとのかたちをとどめぬほどバラバラになってしまう。あるいは、兵士たちが突撃の命令一下、陣地から立ちあがったとたんに、敵陣からモーレツな機銃掃射で行く手をはばまれ、身を隠せなかったものは、あっというまに身体を吹き飛ばされてしまいます。

機関銃など消えうせた平和な世のなかになっても、軍用のブーツのカカトが奏《かな》でる単調なひびきや銃剣のきらめきは、帰還した兵士たちの脳裏からいつまでも消え去ることはなかったのです。

その兵士たちの隊列の先頭には、忘れようとしても忘れられない、天皇からさずけられた軍旗《ぐんき》（連隊旗）がひるがえっていました。

「軍旗と運命をともにすべし」

ようするに〝命とひきかえにしてでも軍旗を守れ〟という意味です。これは戦争の時代、兵士ならだれもさからうことなどできないオキテでした。そこに数多くの悲しいドラマがあったのです。いや、感動的なドラマが……。

わたくしの目の前にいる小尾さんは、あのつらいお正月の記憶をたぐりよせながら、口をひらきました。

「そうでした、あれは昭和十八年（一九四三）の元旦でした」

その日、連隊旗手、小尾靖夫少尉は、故郷から遠く離れた南のはて、南太平洋にうかぶソロモン諸島のガダルカナル島アウステン山の頂《いただき》にいました。かれは当時二十二歳の若い将校でした。

陸軍歩兵第一二四連隊の連隊長、岡明之助は、残っていたすべての隊員に、最後の食べものをあますことなく配ることを命じます。アメリカ軍に包囲され、補給を完全に絶たれ、弾丸もクスリもなく、絶望的な抵抗をつづけて三カ月、全滅はもはや避けられない状況におちいっていました。それゆえに連隊長は最後の決意をかためたのです。

「おい、元旦のお祝いだ。糧秣《りょうまつ》を分けるから手を出せ」

〝糧秣〟とは、軍隊用語で食べもののことです。小尾少尉をはじめ元気のあるものが、這《は》うようにして糧秣を配って歩きました。銃をだき、横になったまま指一本動かそうとしない兵士が、やっとのことで起きあがると、その棒きれのようにやせ細った手をのばしました。

目だけが笑っていました。

全員で二百五十数人。小さくひからびた頬に笑う力など残っていません。かれらの〝雑嚢《ざつのう》〟、これは肩からかける布でできたカバンのことですが、そのなかには人間の食べものらしいものはなく、青いコケ、ミミズ、トカゲ、ゲンゴロウなどの腐りかけた死骸がだいじに保存されていました。

とにかく人間の食べものを与えられたことで、たとえ目だけであっても、兵士はせいいっぱい笑っているると、わかるのでした。

乾パン二枚と、コンペイ糖ひとつぶ、それでも立派な食べものなのです。それが骨と皮だけの手のひらにのせられる。それだけでした。

しかしなかには、

「少尉どの、ごちそうでありますね」

と、嬉し泣きする兵士もいました。

やがて兵士たち全員は、北の方向に向いて、なめるようにしてすくないごちそうを食べました。小尾少尉もまた北に向かっています。

北に向かう理由はだれも口にしません。命令されたわけでもなかったのですが、全員がなっとくしています。北の空は、美しいふるさとの空につながっています。生まれ育った土のにおいを思い出し、なつかしい父母や兄弟の顔を心にうかべるものがたくさんいたはずでした。

小尾少尉はこのとき、

「お雑煮はうまいだろうなあ、だけど黒豆は、かたくていまの自分にはとてもかめないだろうな」

そう思ったそうです。つづけて、母のすがたを思いえがいたとき、地面にふして声をあげて泣きたいと思った、と。

将校という立場で、しかも連隊旗手という名誉ある任務を負っている誇りが、それを許さなかったというのです。けれど背をまるめた小柄な母のすがたが、涙のにじんだ目に、ぼうっと映《うつ》るのをおさえることはできなかった、とも。

死者だけでなく、生きている兵士からも腐ったような臭いがした、と小尾さんは教えてくれました。命があと何日くらい残っているのか、それは身体にたかってくるハエによって知ることができました。ハエは地獄の使者でした。小尾少尉も、自分の身体にむらがるハエのすがたを見たときに、

「オレもそろそろおまえさんにねらわれているのかな」

と思ったそうです。

この戦場、ガダルカナルにいる日本兵はひとり残らず、すでに人間の肉体の限界にありました。生きているものも顔は土色となって、髪の毛は赤ん坊のうぶ毛のように薄くなっていく。やせ型のひとは骨までやせて、太る体質のひとは全身が病的にむくんでふくれました。

ふしぎなことに、治療した歯の、かぶせモノや埋めモノがはずれて、兵士たちは歯もまた生きていることに気づいたのでした。そしてひとり、またひとりと、朝をむかえるたびに眠ったまままめざめない兵士がふえていきました。

ガダルカナルで、日本軍と戦ったアメリカ軍の師団をひきいるパッチ少将と

いう人物は、このころ、ひと月ちかく激しい攻撃をつづけているにもかかわらず、わずか二百五十数人の日本軍をやっつけられないことに怒りをあらわにしていました。かれの常識では、勝ち目のまったくない戦いを、日本軍がなぜつづけているのかが理解できなかったのです。

新年をむかえて一月三日からパッチ少将は、いつもの「投降放送」をはじめさせました。日本軍の陣地には、すみずみまでアメリカ軍の日本語放送が流れていました。

日本の兵士たちは、よほど必要なときのほか、だまりこんでいます。言葉を発することは、ものすごく体力を消耗するということをみんなが知っていたからです。

兵士たちは、ぜんぜん身体を動かさず、じっとしたままアメリカ軍がスピーカーをつかって流す日本語に耳をかたむけました。

「歩兵第一二四連隊岡部隊のみなさん、毎日ごくろうさまです。みなさんは、そのままであと何日くらい生きられるとお考えなのでしょうか？

みなさんは日本軍人として立派に任務以上のはたらきをしました。もう、だれにも遠慮することはありません。わたしたちアメリカ軍はみなさんの来るのを待っています。武器を捨てて、手をあげて白い布を手にもって歩いてきてください。山をおりてください。こちらにはクスリもあります。食糧もたくさんあります。

この放送は明日もしますから、今晩よく考えてください。では、おやすみなさい」

こんな放送が翌日も、またその翌日もくり返されました。飛来した米軍機からはビラも撒《ま》かれ、投降をうながす説得がねばり強く続きます。しかし、この誘いに乗る兵士はいませんでした。

「生きて虜囚《りょしゅう》のはずかしめを受けず、死して罪過《ざいか》の汚名を残すことなかれ」

これは「戦陣訓《せんじんくん》」という、日本の軍人、とくに兵士にむけてつくられた教典のなかの一文です。

捕虜になることは恥であり、罪でもあるというのです。だから汚名を着るより死ぬことをえらべ、これこそが軍人精神なのだ、と。この教えをすりこまれた兵士たちが、降参することなどできるはずがありません。

とはいえ、さすがに「クスリもあります。食糧もあります」と、この部分だけは、最後はツバを飲み込みながら聞くようになりました。

「クスリもあります。食糧もあります」

すがたの見えない話者はこの言葉を叫びつづけました。くる日も、くる日も。小尾少尉は、横になったまま、まるで歌でも口ずさむかのように、声には出さず、アタマのなかだけでくり返しました。それが楽しい日課であったような気がしたそうです。

やがて放送は、

「一時間だけ待ちます。もしおりてこないときは、またみなさんの生命を絶つ砲撃《ほうげき》をはじめます」

と、くり返すようになりました。

その予告どおり一時間後、情け容赦《ようしゃ》のない砲弾が日本軍陣地に降ってきました。まるでスコールのような爆弾の嵐がやってきて、巨大な樹木を根こそぎ倒していったのです。うっそうとしたジャングルに、たちまち底ぬけの青空を見あげられる空間がつくられました。

じつはもうそのころになると、アメリカ軍の砲撃の死角、つまり弾丸が落ちてこない一角を、日本兵ならだれもが心得ていて、身をかくすためにその死角に掘った穴、〝タコツボ〟や大木のかげに身をひそめながら砲撃の終わるのをじっと待っていました。それが終わったら、なにか食べられるものをさがしにいくことを考えている、というふうでした。

かれらにとって、砲弾の恐怖はとうに失われていました。むしろ砲撃をのぞんでいた。なぜなら、砲弾で荒らされた場所には死んだ小動物など、食糧にできるものが残されていたからです。

イギリスの首相ウィンストン・チャーチルは、のちに『第二次大戦回顧録《だいにじたいせんかいころく》』を書くのですが、そのなかで、「ガダルカナルの物語は偉大な国において長く語りつがれるだろう」と記しています。

わたくしもそう思っています。日本人なら、いいえ日本人であればこそ、この地でなにがあったのか、そのことを長く語りつがなくてはならない、と。

ここで、ざっと戦闘の流れを語っておきます。

歩兵第一二四連隊・岡明之助連隊長の指揮する連隊がガダルカナルに上陸したのは昭和十七年（一九四二）九月のはじめ。目的はこの島につくられたルンガ飛行場を奪うことにありました。九月十五日の総攻撃をはじめたのが、いま小尾少尉たちがこもる標高一千四百六十フィート（約四百五十メートル）のアウステン山からでした。連隊は、四カ月ちかくこの山と飛行場のあいだで激戦をくりひろげています。なんどとなく山をおりて総攻撃に参加し、敗れてはまた山頂にしりぞいて、をくり返していました。

十二月はじめ、ついに日本軍はルンガ飛行場を奪うことはできない、とさとります。そのあとかれらに残されたのは、ただひとつの戦法しかなくなっていました。それは強力な援軍の到着を待つ。それまでいかなることがあってもいまいる陣地からさがらない、ということ。その結果、いくつもの陣地にひそんでいる日本軍と、それを攻めあぐねるアメリカ軍が、ジャングルのなかで複雑に交《ま》ざりあうというややこしい状況を生んだのです。

圧倒的に優勢なアメリカ軍とはいえ、チリヂリにかくれている相手を一気に叩きつぶすことはむずかしい。ジャングルのなかの、そこかしこで、いたずらににらみあうことになりました。日本軍の兵士たちが当初、身につけていたうす茶色の半そでシャツと夏ズボンなどは、もう、元のかたちをとどめていません。やぶれたボロがわずかに身体にへばりついているだけの、いわばハダカ同然でした。そのうえ、ほぼ全員がハダシでした。しかし、〝降伏〟の文字は日本軍にはありません。

日本軍の各部隊は死の恐怖と、飢えとノドの渇《かわ》き、あるいは病気をかかえて最後の防衛陣地を守りぬいていたのです。

いや、退却しようにも、二重三重の鉄条網と敵陣地とでとりかこまれては、とどまるほかに、なにも選択肢はなかったというべきかもしれません。

くり返しますが、かれらには鉄砲のタマはもちろん、武器も食糧の補充もまったくなかった。立ちあがる力さえなく血便をたれ流しながら〝タコツボ〟にしがみつき、敵と出くわしたなら銃剣で突くという原始的なやりかたでしか戦えなかった。

なぜそれに耐えるだけの精神力を発揮できたのか。

わたくしはその疑問を小尾さんにぶつけました。

「それはね、ときにはグチも出たし心底イヤになってしまったこともありました。しかし、そうしたときには、わが岡連隊の場合は、わたしの腹にしっかりと巻かれた軍旗がみんなをはげましたのです。いかにつらくともこのアウステン山の陣地を、天皇の軍旗とともに守らなければならない運命なんだ、とね」

淡々と語る小尾さんは、飾らずに事実をそのままつたえようとしている、とわたくしは感じました。

軍旗――。

このあとのアウステン山の戦いは、軍旗の物語なんだと思いました。さらにそれは、敵中脱出の物語でもありました。全滅を覚悟していったんは埋めて隠した軍旗を、撤退命令が出たのを受けて、山上にもう一度もどって掘りだし、もち帰る。その撤退作戦を、米軍の猛攻撃のもとで決行したのです。どうにか軍旗をふたたび手にしたものの、そのあとの脱出行軍は、悲惨をきわめました。

手をあげて山をおりてくる日本兵はひとりもいない、と見たパッチ将軍は、一月十五日、ついにこれ以上ないほどの砲弾の乱れ撃ちによって総攻撃をせよ、と命令を出します。

その轟音《ごうおん》と、密林が山肌ごと崩れ砕けるさまは、みなさんには想像もできないでしょう。なにしろ五百メートル四方に、じつに一千七百発の砲弾が撃ちこまれたのですから。

これに呼応《こおう》して戦車連隊が、続いて歩兵が、障害物を乗り越えて攻撃を開始。米軍の総攻撃をうけた日本兵は、というと、声をあげることさえできない寝たままの兵士が、負傷者が、病人までがむくむくと起きだしました。それはさながら幽霊のようなすがたであったといいます。

陣地の一角はやぶられ、文字どおり肉弾戦となりました。小尾少尉も拳銃を撃って戦いましたが、やがて弾はなくなり、手榴弾《しゅりゅうだん》二発だけが手元に残りました。手榴弾とは、手でなげて攻撃するアボカドくらいの大きさの爆弾のことです。

日本軍陣地は、かろうじて残りました。

夕やみがせまると、アメリカ軍は相当の損害をだして引いていきました。小尾少尉は思ったそうです。

「オレは軍旗を守った。オレはかならず軍旗を守り通す」と。

岡連隊長はまだ生きていました。生き残ったのは約五十人。その夜十一時すぎ、岡連隊長は動ける兵士全員を引き連れて、山から脱出することを決意します。靴もなく帽子もなく、やぶれた軍服は血に染まり、死臭だけが強く鼻をうっていた。

五十人の将兵は、倒れた。すべった。這った。

でもかれらは歩くのをやめようとはしませんでした。歩くことが生への脱出なのか、死への行進なのか、だれも考えませんでした。

あまりにも激しい戦いのあとでしたから、アメリカ軍も脱出を予想しなかったのでしょう。一月十六日の早朝、敵中突破に成功した五十人は、安全地域の密林にかさなるようになって倒れこみました。生もなく死もありません。いや、すでに死人にちかかった。しかし、とにかく成功したのです。

けれど夕方には、半数の兵士が二度と起きあがることができませんでした。

十六日から二十日まで、生き残ったものは、道のない密林をかきわけて進みました。食べられるものはすべて食べつくしたアウステン山とはちがい、こちらのジャングルは食糧の宝庫でした。谷間には水ゴケが生え、魚が泳いでいました。トカゲも落ち葉の上にクビをもたげていました。

「兵士たちはひとり残らず大喜びでした。わたしはトカゲをつかまえようとしたのですが、これが思うようにいかないのです。戦闘で折れ曲がってしまった軍刀を振りあげて打ちおろしてもトカゲは馬鹿にしたようにひょいと逃げていく。〝おまえは剣道二段なんだ、これ、小尾少尉！　しっかりせよ〟と声を出して自分にハッパをかけましたねえ」

夜になって海上でパッパッと光がきらめくと、艦砲射撃《かんぽうしゃげき》かと巨木のかげに身をひそめた。けれど弾丸は落ちなかった。海上ではソロモン海を血に染めて日米の艦隊の死闘がまだおこなわれていたのです。

そんななか、もはや兵士たちの敵はアメリカ軍ではありませんでした。赤道直下のジャングルこそが敵となった。水のないところでの夜は、死神が近寄ってくる時間でした。ノドは火のように燃え、うめき、ついにはわけのわからない絶叫を最後に、バッタリと倒れる。餓死は眠りから死に入っていくのですが、渇死《かつし》は狂い死にへと向かわせるのです。

生きたまま人間がミイラになっていく。血液は煮えくりかえり、その熱気を吐いて、口を大きく開けたままのたうちまわりました。

「わたしは痛ましく死んでいくひとをどれほど見たか数えられません。人間が人間を食う光景も見ました。けれど、ノドが渇きすぎてそのあげくに〝水、水……〟と狂い死にする人間のすがたは、直視することなど、とうていできません。見るにしのびないものでした」

小尾さんは、そういってくちびるをかみました。

翌日、やっと生き残った十数人の兵士は川を見つけました。歯をくいしばって斜面をころがり落ちて、川の水にアタマを突っこんだのでした。

ところがなんという不運でしょう。そのあたりはアメリカ軍の陣地の真正面だったのです。それを知らず、かれらは全身を水にひたして喜びました。アメリカ軍の兵士は機関銃をかまえて足音をしのばせ、背後から側面からとりかこむ輪をせばめていきました。

そしてつぎの瞬間、機関銃はいっせいに火を噴《ふ》いた。

夢中で逃げ、残してあった拳銃で応戦し、アメリカ兵の追撃をふり切る。

ただひとり、生き残った小尾さんはそのとき、こんなことを考えたそうです。

「いったいなんのためにオレは生きなければならないのか。連隊長も戦友も部下も、苦しい戦いのはてに、みな倒されて、ジャングルを歩くただひとりの生存者になって、なお生きなければならない理由がどこにあるのだろうか」と。

今日が何月何日なのかはまったくわからなくなっていました。昼なのか夜なのか、暗いジャングルではそれさえわからなくなるときがあった。川のそばで撃たれたのは昨日のことのようであり、一週間もすぎたかのように錯覚《さっかく》することもあったと小尾さんはいいました。

夜ともなれば、魂を吸いこまれたように、死を考え、決心し、あきらめ、死のちかくをウロウロする。拳銃を口にあてて、ひと思いに死にたくなったこともあった、と。しかし、そのとき、連隊旗手である小尾さんは軍旗のことを同時に思ったといいます。

「腹に巻かれたこの布切れのために、数千のひとが生命をささげていった。軍旗を両手でなでると、その数千の戦友の声がそこからつたわってくるようでした」

生きたいという希望と、生きようとする勇気が、そこからあふれてきたのです。

小尾少尉は、〝オレはオマエを最後まで守ってやるぞ〟と決意をあらたにしたそうです。

なにかに憑《つ》かれたように、かれは歩きはじめました。黙々と歩く日がつづきました。あてどなく日本軍の陣地をめざして。


夜になって星が光ると小尾少尉は磁石と星とをたよりに歩きました。爆弾の炸裂《さくれつ》する光のない静かな夜は、〝敵は眠っているのだ、自分も眠らねば〟と考えた。

枯葉を集めて身体ぜんたいにふりかける。身をかくすためです。

太陽がのぼっても、疲れはてた身体をシャンとさせるのに十数分はかかったそうです。遠く離れたところでおこなわれている戦闘が近づいていることに気づくと、聞こえてくる砲撃の音が、敵のものか味方のものか、はっきり聞き分けられるようになっていました。

「オレにはまだ力が残っている」

と思い、そしてこう考えました。

「アメリカ軍の砲弾の落下地点には味方がいる」

それが、長い長い死の脱出行のはてに、小尾少尉のアタマに浮かんだ、いわばただひとつの理性というものでした。

二月七日の昼のことです。とつぜん、砲弾が頭上をかすめてちかくで破裂しました。つづいてもう一発。

「おお、オレは砲弾の落下地点にいる」

とっさに浮かんだこの考えは、喜びというより希望そのもの、生きていることそのものでした。少尉は最後の力をふるい起こし、くちびるをかんで歩きました。右手の指を拳銃の引きがねにかたくかけ、左手に手榴弾、そして砲弾の落下でふきあがる砂けむりを全身に浴びながら歩きました。

「だれか」

いきなり木陰からひとの声……日本語でした。

なつかしい故郷の声。吸いつけられるように進むのですが、うっかりすると腰がぬけそうになる。声も出ません。

〝自分の足は、左右交互に出ているのだろうか〟

手を大きくふり、夢中になって急ぎました。声のほうへ、そして日本のほうへ。

目がくらみ、失いかける意識のなかで、軍服のカーキ色が目に入りました。

「オレは小尾少尉だッ！　歩兵一二四連隊の軍旗は腹に巻いてある！」

そう叫び終わると、かれはバッタリと倒れてしまったらしい。

じつはその日は、日本軍が予定していた撤退の最後の日であったのです。ガダルカナル島の戦いの最後の日に、軍旗が小尾少尉とともにもどってきた。その生死を超えた脱出行の報告に、将兵たちみんなが泣きました。もちろん、小尾少尉も泣きました。

幽霊が、いえ、動物にちかくなったひとりの男が人間にもどって、ただ泣きに泣いたのです。

服も着がえた。靴もはき、半年ぶりにおかゆもすすった。そして、手を腹になんどもやりながら、また男泣きに泣きました。

「水辺で連隊長以下全員が死んでから、その日は十七日目でした。月日をまったく忘れて動いた、というよりあがいた十七日間でしたが、これはほんとうに長く感じました。それにくらべればこの正月でわたしも四十歳。戦後の時間は、あれよあれよ、というべき早さでしたよ」

小尾さんはそういって笑いました。やや小太りとなって、ふっくらとした両頬は健康そうな血色で、黒々とした髪、大柄な目鼻立ち。幽霊のようだったなど、わたくしにはとうてい想像できませんでした。

くり返しますが、そうしてやっと小尾靖夫さんが日本軍の陣地にたどりついた昭和十八年（一九四三）二月七日は、三回にわたっておこなわれたガダルカナル島撤退作戦の、最後の日でした。生きとし生けるものがたがいに助けあって、雨でけむる夜の海上に撤退戦をおこなったのです。

ガダルカナル島に残された兵士たちを救出する作戦をおこなうために、山本五十六連合艦隊司令長官は、かけがえのない虎の子の駆逐艦《くちくかん》二十二隻をこの三回の作戦にもちい、その半数を失うだろうと覚悟していました。しかしじっさいは、数隻を失ったけれど作戦は成功して、島で生きのびていた陸海軍の将兵一万三千人をすくいだしたのです。このなかに小尾少尉がいました。

山本長官の決意を知った駆逐艦乗りたちは、だれもが決死の覚悟で任務に当たりました。ガダルカナル島の陸地に可能なかぎり近接して、ひとりでも多くの者を撤退させよう。だれに命ぜられたわけでもないのに、駆逐艦は陸地にすれすれのところまで近寄りました。

われ先にとその駆逐艦に乗りこむやせ衰えた兵士たちも、これをむかえる駆逐艦の戦い疲れた乗組員たちも、みんな涙だったそうです。陸軍も海軍もありません。全員が日本人であったのです。

「だいじょうぶだ、あわてなくてもいい。全員が乗艦するまでは、どんなことがあっても動かないから安心しろ！　落ちついて、落ちついて！」

艦上からメガホンで叫ぶ艦長の声が遠くまでひびきました。

ガダルカナル島では陸上だけでも二万二千人が死にました。これがたったひとつの飛行場攻略のためというのですから、ただ驚くよりほかありません。

北本正路少尉《きたもとまさみち》
ニューギニア山中の駅伝ヒーロー

昭和七年正月。一九三二年ですから、いまから八十八年前になります。正月におこなわれる箱根駅伝はいまでも人気の競技ですが、昭和七年の正月も開催されていました。この年は往路が一月九日、復路が翌日の十日でした。最終区間の十区の中継地、川崎市役所前で、慶應義塾大学のアンカー北本正路選手はあせる気持ちでたすきを待っていました。すでに先頭の日本大学が優勝への足どりも軽く、走り去ってから十分以上たっています。凍《い》てつくような空気のなかを、冬の陽《ひ》が、かるく足ぶみをつづける北本選手の身体を照らしていました。

　肩をならべて立っていた二位の早稲田大学のランナーがまもなくたすきを受けとると、応援団の歓声に手をあげてこたえ、「お先に」とひとこと。これもさっそうと走り去っていきました。

　北本選手はその後ろすがたを食い入るように見つめていましたが、ペッとツバを吐きすてました。この日のために三年間、その青春のすべてをささげて激しいトレーニングをかさねてきたのです。けれど、敗色は濃くなっています。

「三年目には優勝してみせます」

　北本はかつて陸上部の大先輩を前に胸をはってそう約束していました。自分から率先《そっせん》して、チームの選手と走って走りぬき猛練習にはげんできたのですが、その三年目の夢が、いよいよかれの両脚にかけられていたのです。

　前日の往路では、慶大チームは先頭から引きはなされて四位。帰路にその勝負をかけたレースでしたが、その最終区間にいたっても、わずかに一校を抜いただけで、いぜんとして日大、早大につづく三位にあまんじているのです。〝優勝を手にするには、アンカーである自分ががんばるほかない〟。そんな土壇《どたん》場《ば》に追いこまれていました。

かれはわけもなく腕時計を見て、そして前方をにらんだ。ライバルのすがたはもう見えません。コースには人垣がつらなり、振られる旗が目に入るばかり。引きつぎを待つ北本は、いたたまれない気持ちに追いこまれるのです。

「青春の喜びも悲しみも走ることにささげて、ただ練習にあけくれた長い年月が、優勝という夢がやぶれたら、ムダになってしまう」

またツバをアスファルトの道に吐きました。

二位の早大から五分、トップの日大に遅れること十五分。ようやく、苦しそうに表情をゆがめた同僚がたすきをはずしながら近づいてきました。高く校旗をおし立てた応援団のクルマが、すぐあとを追いかけながら、歓声をはりあげていました。

「北本ッ、たのむぞ！」

たすきを受けとった北本選手は白のシャツ、白のパンツ、そして白はちまきのすがたで、転げるように飛びだした。

商店街が長くつづきます。歓声はあちこちからわいていましたが、アンカー北本の耳には、もうなにも入ってきません。かれは自分の心の声だけに耳をかたむけていたのです。

「勝て、かならず勝て！　おまえにはそれができる！」

北本選手はいくらか無謀と思われるハイペースで走りました。調子は自分でも気味がわるいと思えるほどにいい。応援のクルマのなかには平沼亮三たち先輩がすわり、デコボコ道にゆすりあげられながら、ひた走る選手の背に、あたたかい視線をおくっていました。

北本選手は、日大と早大を追ってさっそうと走りました。多摩川の六郷《ろくごう》の橋にかかるころ、もう先行する早大の選手をとらえました。

それに気づいた早大選手は、すこし狼狽《ろうばい》気味にピッチをあげたので、差は簡単にはつまらない。けれど北本選手はすこしもあわてませんでした。かれはその選手がなんという名なのか、その実力はどのていどなのか、なにも知らなかったそうです。

「あのときわたしは自分に、なんどもこういい聞かせていました。〝オレはいつだって競走の前に相手の名前などしらべたことがない。走者のなかでいちばん強いのは自分だ、と信じて走れ。いいか北本、いちばん強いのはおまえなんだ〟とね」

六郷橋上の交通は激しく、かれはクルマのあいだをぬうようにして走りました。やがて早大選手に追いついた。ふたりはしばらく肩をならべて走りました。北本選手は、相手のやや遅いペースにあわせ、余裕たっぷりに相手を見ました。

それは笑顔でした。不敵な笑みといってもいいでしょう。しかし、じつはそのとき、モーレツな苦痛が北本選手を襲《おそ》ってきていました。オーバーペースがたたったのです。でも早大の選手はもっと苦しいはず、と思いなおします。思いきってスパートをかける。

北本選手とともに、ベルリンオリンピックの前にひらかれた、昭和七年（一九三二）のロサンゼルスオリンピックに出場した竹中正一郎さんはこう語ってくれました。

「ファイトのかたまりのようなひとでした。とにかく意志の強さでは、ちょっとかれの右に出るものはないでしょう。走るとなったら、十マイルでも二十マイルでも、走って走って、走りぬいたんです」

北本選手はその不屈の闘志で激走をつづけました。

六郷橋をわたればいよいよ東京都心です。沿道の観衆はどんどんふえて、ますますピッチを速めながら先頭を追う北本選手の小柄なすがたに、割れるような拍手がおくられました。

「あれは北本だ！」

「がんばれ、ケーオー！」

声援が耳もとをかすめてかなたへと流れていきました。すでに息があがり、ノドはカラカラでした。ただ、かれはそんなことを気にせず無心に走りました。冬の陽は惜しげもなく降りそそいでいました。

伴走する応援のクルマからは叫び声がたえず浴びせかけられます。声援をかける慶大関係者たちはだれもが、このときの北本選手のすがたを心に刻みつけていたことでしょう。同時にまた、三田の坂を、学帽をナナメにかぶって足早にのぼっていくすがた、有名選手のくせにほとんど授業を休まないきまじめな男、そんなかれの日常のようすもかさなって見えていたかもしれません。

けれど十年のちに東部ニューギニアで見せることになる、かれの活躍を予想できたひとは、ひとりとしていませんでした。

ゴールまであと四千メートル。沿道の応援は、ゴールに近づくにつれてその数が一気にふえていきました。はちまきをかなぐり捨てた選手が、まずそのすがたを見せます。人びとはその人波から半身を乗りだします。顔を苦しそうにゆがめたトップの日大選手が全身汗にまみれて走り去っていく。

拍手がわきました。

つづいてまた、大きな拍手と歓声がわき起こりました。はちまきをがっちりとしめたもうひとりの選手が、手のひらでひたいの汗をぬぐい、元気いっぱいの足どりで先頭にせまっていました。

「慶應の北本選手が激しくせまっているぞ」という情報が、先頭の選手につたわりました。

するとそのとき、日大選手の足のはこびに異変が起きた。一気に闘志を失ったように速度が落ちたのです。

芝増上寺の前で北本選手は日大にならび、そのままスウーッと追い抜いていく。

北本がトップにとってかわる。

北本も口をゆがめ眉をよせ、表情に疲れがありありとうかんでいましたが、その足は、かなりのピッチをたもったまま、規則正しくはこばれていました。

北本選手はあまりにもみごとな逆転劇で、ついに慶應義塾大学に栄冠をもたらしたのです。

昭和十八年(一九四三)八月。

東部ニューギニアの北東部ラエ、サラモア方面で悪戦苦闘をつづけていた陸軍第五一師団は撤退命令を受けました。サラモアにいた第五一師団の師団長、中野英光《ひでみつ》中将は、ただちに全軍のラエ集結を命じます。また、ラエ方面に残っていた部隊には、ほかの全部隊がそこに集結するまでのあいだ、なんとしてもラエを守りきることを命じました。

事態は、緊迫《きんぱく》の度合いを上げていました。

攻めてくる敵アメリカ・オーストラリア連合軍は、九月四日夜明け、大輸送船団でラエ北方の河口に上陸。翌五日には、西方のナザブ高原に大編隊の飛行部隊が押しよせて、まるで天をおおうかのように、たくさんの落下傘《らっかさん》兵たちがつぎつぎとパラシュートで降下します。陸からも空からも、ラエを包囲する態《たい》勢《せい》を整えていったのです。

ラエが全滅するようなら、それはそのままサラモアの主力も全滅となってしまう。そんなことをさせてはならない、と、本隊の集結を完了するまでのラエ守備隊は必死でした。

兵士の数は、敵三万人にたいしてたった一千人。絶望的なまでの差がありながら、ラエ攻防戦はじつに十日以上もつづきました。

海岸を守った部隊は全滅しましたが、それと引きかえに、本隊九千の将兵はラエ集結をかろうじて完了させることができました。

中野師団長はこのとき、きびしい選択をせまられます。集結と同時に、全部隊を無事に撤退させなくてはなりません。ところが圧倒的な数の敵軍にかこまれています。予想される激しい攻撃によって九千もの将兵を全滅させることだけは防ぎつつ、撤退する方法をあみだすことが、はたしてできるのか。

時間の余裕を、日々さかんになる敵の大砲の音が打ちくだいていきます。陸路の平坦な道を、敵の集中攻撃を覚悟で進んでいくか、海抜四千五百メートルにもおよぶ高地の、けわしいサラワケット山脈横断を大部隊で挑戦するのか。選択肢はそのふたつ。どちらをとるべきか、中野中将は考え込みました。

このとき、ふと、六カ月ほど前に、このけわしい山脈をこえて師団にたどりついた北本工作隊という部隊があったことを思いだします。

十人足らずの日本兵と、あとは台湾からかりだされた兵士と現地人とで編成された奇妙な部隊。そして、小柄ではあるけれど全身元気のみなぎる隊長のすがたを思いだしていたのです。

「そうだ、あの男に意見をきいてみよう。大部隊で山脈踏破《とうは》ができるものかどうか、たしかめるのだ」

師団長は、さっそく部下を北本少尉のもとにさしむけました。

北本正路少尉は当時三十四歳でした。

箱根駅伝のアンカーとして走っていたころと、その負けん気は変わりません。現地のひとからの信頼もかなりのものでした。その信頼をもたらした理由は、人柄だけではない。かれの足にもあったのです。現地の若者もおよばないほどの健脚《けんきゃく》がかれらに知られたとき、尊敬と信頼を高めることになったのでした。

北本少尉のもとに副官がおとずれ、師団長からの問いかけをつたえます。が、さすがに問題は重大でした。北本少尉は即答などできるはずはなく、しばらく考えざるをえませんでした。北本工作隊の山脈ごえは、えらばれた健脚の兵ばかりではじめて可能となった踏破であって、激しい戦いに疲れている将兵たちにはたして、富士山より高い標高四千五百メートルもの山脈を横断踏破することができるか。

しかし少尉は、考えたのちにこう答えました。

「困難ではありますが、できないことはありません」

この瞬間、かれはふたたびその両脚に、自分とその仲間との運命をあずけられたのです。十年前の駅伝の場合は、相手を抜くことが勝利でしたが、今度は生き抜くことが勝利となる。あまりにも過酷《かこく》な戦いでした。


九月十五日の夜半。

半年ちかくつづく戦闘で、兵士たちの疲れは限界に達していました。大半がマラリアという熱病にかかっています。それでも携帯食糧を十日分だけもって、山脈横断の第一歩を踏みだそうとしています。健脚を誇る精鋭《せいえい》の北本工作隊がもちろん先導します。

すずしい風がそよぐ、雲ひとつない満月の夜であったといいます。浜辺にそって立つ高い木の緑のむこうに、けわしい山々がそびえ立っていました。

北本少尉はさっそうと歩みをはじめました。足にぜったいの自信をもつ、かれの部下たちがつづきます。敵軍の攻撃のあいまをぬって、音をしのばせて進むのです。最初の三日間は行く手をふさぐ樹木を切りはらいながら前進しました。

敵の包囲網をのがれ出たとき、かれらはあらたな敵と遭遇《そうぐう》することになる。ついに目の前に、切り立ったガケがあらわれたのです。

困難は言葉にできないものとなりました。赤道のちかくとはいえ、標高の高い山岳地帯に入ると、とりわけ朝晩の冷え込みがきびしい。体力を消耗しているうえに、夏服一枚の将兵たちは寒さにふるえて夜眠ることさえできません。まどろめば、凍死してしまうほかありませんでした。

そこへ雨が降りつづいたのです。泥の海となった山道を、マラリアで熱を出した兵士たちがよろめきながら歩きます。数歩進んではうずくまり、立ちどまり、苦しむその顔は血の気を失っていました。

飢えと疲れで眠気に襲われると、皮ふの感覚もなくなったそうです。それは死神がとりついた合図でした。

元師団長の中野英光さんはこう語りました。

「出発のとき、ひとり四升《しょう》ずつのコメをくばったが、これでは足りなくて、木の根や虫、ミミズ、食べられるものはなんでも食べました。上官も部下もなく、一列で黙々と進む行進は、一日わずかに六キロくらいの遅いスピードでした。そんななか、北本工作隊の活動はめざましいもので、なにやかやと、ふつうの兵士の三倍ははたらいていたと思います」

ついてゆけずにすわりこんだ兵士がいれば、はるか後ろまでかけもどってはげまし、悪路が閉ざされれば切りひらく。それも北本隊のはたした役割でした。

「どんどん先に行く北本隊からの連絡はほとんど毎日ありました。木に目印をつけて進んでくれたので、本隊はそれをたよりに行進することができたわけです。現地のひとの村をとおるとき、北本隊のことを聞くと、二日前にとおったなどと教えられ、いよいよ勇気づけられました。ついでにその健脚ぶりにはほんとうにあきれもしましたよ、ハハハ……」

これは、当時、中佐参謀だった鈴木元明《もとあき》さんの回想です。

戦場では、〝自分ひとりでも助かりたい〟という考えがうかぶことも当然ある。

口もきけないほど弱った戦友のすくいを求める目に、〝許してくれ〟と、目で答えて置き去りにすることもあったにちがいありません。それも許されるほどの恐ろしい状況は、数えきれないほどあったのです。

北本少尉にとっても、あえぎながらガケをのぼるつらさ、苦しさはたとえようもないものです。戦友たちを、できるかぎり助けながら進もうとするかれを支えたのは、その意志の強さと健脚だけではありませんでした。

選手時代、つねに勝利の道を歩んできた北本少尉には、忘れることのできない敗戦がありました。昭和七年（一九三二）のロサンゼルスオリンピック大会の惨敗《ざんぱい》です。

「ニューギニアの山中で気が滅入りそうになると、わたしはこのときのことを思いだしました。あのときのくやしさを思いだして心のなかでかみしめると、また勇気がわいてきたのです」

北本さんはそう語りました。

そしてついに、かれはこの過酷《かこく》な大自然との戦いに打ち勝ったのです。


記録によれば、山を越えてきたのは六千四百人あまり。二千二百もの将兵が、サラワケットの山のなかで死にました。飢えと疲れのための悲しい犠牲《ぎせい》でした。先頭が目的地キヤリについたのが十月五日で、最後の兵士が北本工作隊の兵士にかつがれて到着するまで、それからさらに四十日を数えました。

北本少尉は、その最後の救出を見とどけると、すぐに中野師団長を野戦病院におとずれて報告しました。視線をそらさずだまって報告を受けていた師団長は聞き終わると、ひとこと、「ありがとう」と、その場にくずれ落ちて涙する北本少尉にいったそうです。

中野師団長は、北本少尉が使命をはたし終えて泣きじゃくるそのすがたが、十年前の駅伝ゴール地点の北本選手そのままであったことを、このとき、知るよしもありませんでした。

「人生五十年のわたしの半生で、ほんとうに心から泣いたのはこの二回でした。ともかく命がけでがんばったのも、この二回だけですねえ」

大阪で鉄鋼原料の会社を経営する北本さんは、つぶやくようにそういって、口ひげをゆがめて苦笑しました。

加藤《かとう》徳《とく》之《の》助《すけ》軍曹

南の島に雪を降らせた男

加東大介という芸名をもつ、そのひとの本名は加藤徳之助。浅草に生まれ浅草に育った生粋《きっすい》の役者です。

「どうもねえ、呉服屋の番頭みたいな名前で」

本人はそういってカッカッカと笑いました。

かれの父は歌舞伎の座つき作家で、二代目・市川左團次《さだんじ》、七代目・澤村宗十郎《そうじゅうろう》にかわいがられたそうです。それが縁で、兄の澤村国太郎が女形をやるようになる。その舞台を見た映画監督のマキノ省三が国太郎を映画へとひっぱった。

つづいて姉の沢村貞子も映画界入りして活躍するようになりました。芸能一家なのです。

「そんなぐあいでしたから、オレもひとつ役者になってみるかな、とまあ、そんなところに落ちついたのですよ」

と、いうことで、歌舞伎の舞台を踏んで一、二年。そのあと前進座という劇団に入って、かれはみっちり芸をたたき込まれることになりました。役者として、さあ、いよいよこれからだ、となったちょうどそのころ、ひとりの役者の夢や都合などおかまいなしに、戦争がはじまりました。

かれの手もとにいわゆる赤紙、召集令状がとどいたのは昭和十八年（一九四三）の十月のことでした。

民間所有のオンボロ輸送船に乗せられて、十一月三日に大阪を出帆《しゆつぱん》。台湾の高雄《たかお》、フィリピンのマニラに寄港したのち、目的地ニューギニアの土を踏んだのは十二月八日です。アメリカ・イギリスを敵とする戦争がはじまってちょうど二年のその日、加東大介は役者から衛生兵に、その役どころを変えていました。

到着したマノクワリは、ニューギニアの首都。けれど首都とは名ばかりの小さな港町で、先住民のパプア族の家がパラパラとあるだけです。海岸線からすぐの距離に深いジャングルが控えていました。

このころ戦争の局面がどうであったか、すこし説明をしておきます。

昭和十八年（一九四三）九月、日本の「大本営《だいほんえい》」陸海軍部は東部ニューギニア（現、パプアニューギニア）を見捨てて西部ニューギニア（現、インドネシアのパプア州・西パプア州）、マリアナ諸島、ジャワ、スマトラからビルマ（現、ミャンマー）にいたる広大な占領地域を〝絶対国防圏《ぜったいこくぼうけん》〟と決めました。〝絶対国防圏〟とは、うばわれることは許されない日本の占領地の範囲のことです。なにがなんでも守らなくてはならないもの、とされていました。

この時代の憲法のもとでは、戦争をおこなっているあいだは、戦争の全指揮をとる最高戦争指導機関が設《もう》けられました。その名は「大本営」。戦争指導の最高権力者、大元帥《だいげんすい》を補佐して陸海軍の命令を発する機関という位置づけがされていました。「大元帥」とは天皇のことです。

さて、その大本営が決めた方針にしたがって、西部ニューギニア以下の地域にあらたに強固な防御の態勢を築くことにしたのです。そのためたくさんの兵士がおくられることになる。

加藤徳之助はそのひとりでした。

ニューギニアはいちおう島ですが、日本の淡路島や佐渡島など、およびもつかない大きな島です。その面積はじつに日本列島の、およそ二倍もの広さでした。

いっぽうアメリカ軍。敵は東部ニューギニアを制圧したあと西部ニューギニアやその近辺には目もくれず、全兵力をフィリピンへと向けて総攻撃をかけていく。これがのちにいわれた「飛び石作戦」です。

加藤たちの部隊が上陸したあと、西部ニューギニアにアメリカ軍からの攻撃はほとんどありません。ですからこの地域の日本軍は激しい戦闘をせずにすんだのですが、そのかわり、補給の輸送船がつぎつぎに爆撃によって沈められてしまう。そのためにジワジワと兵糧攻《ひょうろうぜ》めに苦しめられることになるのです。


昭和十九年（一九四四）五月。

ニューギニアのすぐちかくのビアク島に敵が上陸して激しい戦闘となり、状況は一変します。マノクワリの病院にはつぎからつぎへとけが人や病人がおくりこまれ、衛生兵は寝ることもできないほど忙しく介抱にたずさわることになりました。

けっきょくビアク島の日本軍は全滅。

マノクワリにはふたたび生殺しのようなぬけ道のない日々がおとずれます。補給船が島に到着することはもうまったくなくなって、やむなくサツマイモの栽培がはじまります。

たいせつにたいせつに栽培されて保管されていたサツマイモが各部隊にくまなく配給されました。それをタネイモにするためです。兵士たちはジャングルの木を切り倒し土をたがやしてそれを植えつけました。

「イモ畑に勝手に入ったら、帝国軍人といえども射殺する」

そんな命令が出されました。

だれもが飢えていたから、葉っぱでもヘタでもいいから食べたくなる。でもそれを許したのでは、イモが育ちません。サツマイモがこれからの命の綱だ、と、みんながわかっていました。

各部隊にはイモづくりと、もうひとつ、野草採りも命じられました。ジャングルをうろつきまわって日本で食用にしていた野草に似ている草が生えていたら、それをとってくる作業です。野生のバナナは実だけでなく幹も根も食べました。

こんな食糧では身体がもつはずがありません。みんなが衰弱していました。作業のあいまの休憩時間が終わって、「作業はじめ！」という号令がかかっても、二度と起きあがらない兵士がふえていきました。

戦争はあと何年つづくのかわかりません。補給の船がとだえたせいで手紙のやりとりも絶たれています。ふるさと日本に帰れるという展望はまったくありません。ただ、イモをつくり、野草をつんでトカゲをつかまえては焼いて食べる日々。お先真っ暗。なにも希望はありませんでした。それだけに、兵士たちの気持ちはどんどんすさんでいくのでした。つまらないきっかけで暴動もおこりかねないような険悪な雰囲気が、現地ではただよっていました。

そうしたなか、ある日、加藤徳之助軍曹は、上官から演芸班の結成を命じられるのです。

先の見えない苦しみだけが充満しているなかで、その上官は兵士たちの心をなぐさめ、平常心にもどし、おだやかさをとりもどそうとしたのでしょう。みんなのイラ立った気持ちをやわらげるには演芸しかない、と。

その命令はさっそく行動にうつされました。

マノクワリには四十くらいの部隊が点在していました。南の湾のかなたに、西の村落に、あるいは東にそびえる山のふもとにと、あっちこっちに部隊がポツンポツンと駐屯して、細々と自給生活をおくっていました。

加藤軍曹はただちに全部隊に募集をかけて、カツラ屋、大工、脚本家、絵かき、洋服屋など腕に技術をもっているひとたちをえらびだしたのです。もちろん部隊長の許可をえてのことでした。

さすがに陸軍部隊には、あらゆる職業のひとたちがそろっていました。演芸班はたちまち結成されます。大工や左官という本職たちが集められて、芝居小屋となる「マノクワリ劇場」の建築作業も進められたのでした。

「ここでひとことご注意をもうしあげます」と加藤さんはいいました。あらゆる職業のひとが、たまたまニューギニアにかたまっていたわけではないということを、です。あの戦争では、子どもと老人以外、日本中のありとあらゆる職業の男が根こそぎ戦場におくられたという事実。当然ここマノクワリにも、あらゆる職人がそろっていたというわけです。

「ほんとうに助かりましたな。しかもみんなプロなんですからね」と、加藤さんは破顔一笑《はがんいっしょう》しました。

さて、劇場には、舞台に花道もあり、緞帳《どんちょう》もさげられた。建てるのにまる五カ月もかかった本建築でした。客席は二百人収容という、立派な、というか豪華な建物が完成しました。

劇場のこけら落としは昭和二十年（一九四五）四月二十九日、天皇誕生日である「天長節」のよき日に、と決定された。

そしてついに、みんなが待ちに待った初日の舞台が開きました。

静かに幕が引かれれば、そこにはなつかしい故郷の、なだらかな山々があり、のどかな野原がひろがっていました。ふるさとのゆるやかな小川の流れ、そしてかやぶきの屋根。

兵士たちはみな、ホーッとため息をつきました。それはまとまって大きな声となってひびきわたりました。

ジャングルの、死神だけがほほ笑んでいるようなところで、兵士たちは舞台を見るときだけ、祖国日本とそのままつながることができたのでした。

ありがたい命令によって、各部隊が交代で月に一回だけ劇を見ることが許されました。観劇の割り当てです。とっくに、今日が何日か何曜日かを忘れてしまっている兵隊さんたちでしたが、楽しい芝居見物の日だけは指をおって数えていました。それだけに加藤軍曹を班長とする演芸班は、いっそう稽古《けいこ》に、舞台づくりにと熱を入れたのです。

大本営が放棄《ほうき》した東部ニューギニアのいちばんの奥地には、全滅はまちがいないだろうと見られている部隊が残っていました。そこはとにかく土地のやせた気候のわるい地域でしたから、作物など、ほとんど育ちません。加藤軍曹には、なぜそんな奥地にまで部隊がおくりこまれているのか事情などはわかりませんでしたが、この部隊だけは割り当てでなく、いつでも自由にお芝居を見ることが許されていました。奥地から這《は》うようにしてやってきたその部隊の兵隊たちは、ひとり残らず身体も顔もむくみ、髪の毛はぬけ落ち、生きながら幽霊のようなすがた。なんとか身体をひきずって、マノクワリ劇場にたどりついたのでした。

「来ましたよぉー。おねがいしまぁす。たっぷりとやってくださぁい」

かれらは口ぐちにこう叫びました。そして食い入るように舞台を見つめていました。

舞台が終わると、かれらはそのまま客席にゴロ寝して、翌朝、もといた山奥の陣地へともどっていきました。聞けば、陣地から劇場まで、じつに二日はかかる道のりということでした。

「そんなに遠くから……」

と、加藤軍曹はあるとき聞いてみました。

「いいや、ちっとも遠くはないです。なつかしい日本へ来るのですからね」

かれらはそう答えてにっこりとほほ笑みました。

道もないようなジャングルを踏みわけ、激流を泳いでわたり、野に寝て、最後の力をふりしぼるようにしてやってくるのです。入場料は、ふつうサツマイモによって代えていましたが、この部隊の陣地は、そのイモさえないような奥地でした。隊員は、しかし、いつもタダで見物することを苦にしたらしく、夜もまだ明けきらないうちに起きだすと、演芸班の畑をたがやして、そしてもとの陣地へと帰っていったのです。はたらいてイモの代わりにしてもらおうという心づかいでした。

「この前見えたひとが今日はいないようですが……」

「ああ、あいつは死にました」

兵隊の死は日々あたりまえに起きているのです。

「でも、あいつは喜んでいましたよ」

「うん、息をひきとる直前まで、このあいだ見た芝居のセリフをぶつぶつとつぶやいていたな……」

「日本だよなぁ、あれがなつかしい日本なんだ……なんていってよぉ」

戦友たちは顔色を変えることなく小声でいいあったそうです。

「ぼくらは死んでいくとき、ここで見た芝居の思い出を胸にいだいていきます。そうすりゃ、きっと魂は、日本へ帰れますから」

加藤軍曹は胸をつかれる思いを味わった。そんなにまでわれわれのお芝居を……と思ったのでした。

かれの上官もたいそう喜びました。

「しっかりやってくれ、たのんだぞ。きみたちは演芸をやっているだけじゃないんだ、ここのすべての日本兵に生きるはりあいを与えているのだよ」

そういってはげましてくれました。演芸班にはそのことをうらづける話がつぎつぎにもたらされます。

たのしみにしていた観劇を終えて、部隊にもどった兵士が、

「ああ、おもしろかった。ほんとうにいいお芝居だった」

と、満面の笑みをその顔にうかべて両腕を上げて伸びをしたとたん、その場で意識を失って帰らぬひととなったこと。あるいは、

「もうダメだ。みなさんおせわになりました」

そういって死にかけている兵士に、「なにをいう。こんどマノクワリ劇場に

かかる芝居は、すごくおもしろいらしいぞ！　おまえさんは見ないで死ぬつもりなのか？」と、耳元に声をかけると、気をとりなおしたのか、生命の危機を脱したものもいたというのです。

芝居がたくさんの男たちの消えようとしている生命の炎をかきたてている、と知ったとき、軍曹には自分のやっていることがそら恐ろしくすら思えました。それと同時に、ほんとうに嬉しかったのです。このひとたちの頼みなら、どんなことでもかなえてやるぞ、と深く決心したといいます。

「関《せき》の弥太《やた》っぺ」というお芝居をやったとき、見物のかれらから、なんとかして雪を見せてもらえないだろうか、という注文が入りました。この演目は、芝居や映画でとりわけ人気を集める股旅もの。義理と人情を信条に世をわたるヤクザが主人公です。

原作には、雨が降ってくる名場面があります。加藤軍曹は兵隊たちの熱いリクエストにこたえます。思いきって、雨を雪にすることにしたのです。

ガラッと戸を開けると、サアッと雪が舞いこんでくる。大地に積もった雪は、パラシュートをふんだんにつかって雪原のように見せる。空からの雪は三角の紙を上方からパッと降らせる段どりでした。

そして幕が開きました。

主人公、関の弥太郎にふんした加藤軍曹は、パラシュートの雪道を踏んで紙の吹雪をあびながら、チャンチャンチャンとならずものを斬りまくる。いつもなら、ここで劇場をゆるがすような拍手がおくられるのですが、その日は、くるべきはずの拍手がひとつも聞こえません。

なにか手ちがいでもあったかと、舞台の上の斬りあいをつづけながら、軍曹は客席をチラと見て、アッと思いました。そして演技をしながら胸がしめつけられました。

二百人を超える兵たちは、ひとり残らず両手で顔をおおい、むせび泣いているのです。南の島で見るふるさとの雪景色。二度と見ることはないだろうと、だれもがあきらめていたものを、いま、目の前にしているのです。

「泣いている。上等兵も、伍長も、軍曹も。みんな泣いている。おなじ兵隊であるオレが泣いてどこが悪い」

舞台の上で加藤軍曹も泣きました。役者が舞台で泣いてしまうなんて、ほんとうなら落第もいいところなのだけれど、しかし、このときばかりは斬るほうも斬られるほうもパラシュートの雪を踏みしめながら、泣き泣き演じました。流れる涙はとめようがなかった。化粧をした役者たちのほっぺたにも、あとからあとから涙の新しいスジがつくられるのでした。

戦地の希望のない世界に身をおいてはいるものの、舞台には、マノクワリには、けっして降ることのない雪が降っているのです。

戦後、映画俳優としての加東大介の出世作は、昭和二十七年（一九五二）に公開された、成瀬巳喜男《なるせみきお》監督作品の「おかあさん」だといわれています。この作品と、おなじく昭和二十七年公開の森一生《もりかずお》監督作品「荒木又右衛門　決闘鍵屋の辻」の演技で、ブルーリボン賞の助演男優賞をみごと受賞します。映画俳優としての評価をたしかなものとしました。

昭和二十五年（一九五〇）の「羅生門」、二十七年（一九五二）の「生きる」、二十九年（一九五四）には「七人の侍」、三十六年（一九六一）の「用心棒」と、すでに黒澤明監督作品では、欠くことのできない俳優になっていたこともつけくわえておきましょう。

帰国後はじめて映画からさそわれたとき、加東を迷いなく決心させたのは、マノクワリを去るときに、隊員たちが口ぐちにいった言葉でした。

「班長どの、映画に出てください。舞台役者だと、出ている劇場まで行かなきゃならない。でも映画ならどこで暮らしていても班長どのに会いに行けますから」

ニューギニアのマノクワリ劇場での尊い体験が、戦後になって生きたのではないか、というわたくしの質問に、姉の沢村貞子さんはこういいました。

「戦争に行ってダメになった役者が多かったのに、戦争に行って芝居のうまくなったのはおまえばかりだよッて、わたしはいつも笑うのです。いまでもニューギニア時代のひとたちがたずねて来ては、あんなにおもしろい芝居はなかったって、たいへんに喜んでくれるらしいのですよ。それを聞くたびに、わたしなんか、なんてこのひとは幸せなんだろう、と思うわねえ……」

沢村貞子さんもまた、昭和の名脇役として名監督たちに愛された役者さんでありました。

加東大介さんは、「芸名のいわれを教えてください」とよく聞かれたようです。

「亡くなったマキノ光雄さんが、わたしがニューギニアから帰ってきて映画界に入ろうとしたときにつけてくれた名前なんです。はじめて出た映画が、加治大介という役でそれをもじって加東大介と」

自分でも妙な名前だなと思った、という。

「なあに、いまに大きく広告が出るようになってみぃナ、立派やで」

それから九年。昭和三十二年（一九五七）に、「加東大介」の名が大きく広告に出ました。千葉泰樹監督作品「大番」の主役でした。マキノさんからさっそく電話がかかってきました。

「どうだい、立派だろう」

このとき元軍曹は四十六歳になっていました。

松木外雄《まつきそとお》一等水兵ほか
漂流二十七日の死闘

日本海軍軽巡洋艦《けいじゅんようかん》「名取《なとり》」が、小雨もようの、フィリピン・セブ島を出港したのは、昭和十九年（一九四四）八月十七日午前十時のことでした。

この年の六月、アメリカ軍はマリアナ諸島のサイパンに上陸。一カ月におよぶ激しい戦いののちに、この地を占領しました。日本はついに〝絶対国防圏〟をうばわれたのです。当然のことながら、つぎにアメリカ軍の攻撃目標となりそうな地点の守りを固めなくてはなりません。

それはどこか？　おそらくミクロネシア地域のパラオ諸島であろうと、日本の陸軍と海軍は考えました。もとはアメリカが支配していたフィリピン。これを奪還するためには、その足がかりとしてもっとも都合のいい位置にあるからです。

セブ島を出航した「名取」の任務は、輸送船五隻とともにパラオに兵士や物資の輸送をすることです。戦局はここにいたって軽巡洋艦であろうと、海戦の攻撃艦というよりも、運送係の役割を負っているのでした。「名取」の甲板《かんぱん》には兵士、大砲、弾薬、医薬品がたくさん積みこまれました。

十七日の夕刻には、輸送隊はもっとも危険とされているフィリピンのサン・ベルナルジノ海峡を通過しました。ゆく手はいよいよ荒れもようの太平洋です。アメリカの潜水艦にとって、このような悪天候は逆に好都合でした。もともと日本の輸送船は速くても十五ノットくらいしか速度が出ないうえ、悪天候では波にあおられ、航行が危険なのでさらに速力を落として走らなくてはなりません。最大速度三十六ノットを誇る「名取」は、その速度を輸送船にあわせる必要がありますから、船団全体が遅い速度での航行となる。アメリカ軍の潜水艦が、ノロい艦船を攻撃するのは、たやすいことなのです。日本軍にとっては悪条件がかさなることになりました。

「名取」艦長の久保田大佐のもとには、敵の潜水艦の情報がつぎつぎと入ってきます。

〝翌日の早朝に遭遇するだろう〟という予測がたち、乗組員全員の勤務ではなく、〝二時間勤務して四時間休む〟という態勢に切り替えました。いざというときのために体力をとっておくのです。日本軍の輸送船団は、敵の目をくらますためにジグザグ航行をつづけて進んでいきました。

不気味《ぶきみ》な海面には激しく波がしぶいています。艦船は波にもちあげられ、そのいちばん高いところで、かろうじてバランスをたもつものの、その頂から、前後左右に大きくゆさぶられながらすべり落ちるように波の谷底に向かって落ちていきます。風がうなりをあげて吹きつけ、何トンもの大量の水が艦橋《かんきょう》や甲板を叩きつけていました。

午前零時、輸送隊は針路をまっすぐパラオに向けてすこし速力をあげました。目的地まで半分のところまで来ていました。

いっぽうアメリカの潜水艦ハードヘッド号は、日本の輸送船と軽巡洋艦「名取」を、はっきりとレーダーにとらえていました。一時間の追跡のあと、ハードヘッド号の艦長は、艦の前方から五本の魚雷を発射。三分後に今度は艦の後ろから魚雷四本を発射しました。

「名取」はまだ気づいていません。

さだめられた針路を航行しつづけています。

魚雷を発見したのは、「名取」の後ろを行く輸送船でした。

夜空に青信号弾が高くうちあげられました。〝右方向に魚雷が発射されたあとが確認された〟という意味の緊急信号です。

「名取」艦長は、とっさに針路を変えます。大きくかたむいた艦は攻撃を避けようとしたのですが、遅かった。

とつぜん艦の右側に耳をつんざくような破裂音がとどろきました。赤と青の閃光《せんこう》がまるでマストのように高くふきあがります。乗組員たちはひとり残らず床に、あるいは壁に叩きつけられた。そのまま起きあがれないものもいました。

〝総員、配置につけッ！〟の警報が艦内に鳴りひびいたのは、その直後でした。しかし警報をあざ笑うように敵の魚雷がさらに命中。

雷撃を受けた「名取」のなか、生き残っている将兵たちは真っ暗な艦内で、炎と水を相手に悪戦苦闘を開始します。

ある兵士たちは、ちょうど炊きあがっていた飯をすべておにぎりにして、カッター三隻、内火艇《ないかてい》三隻に分配するという作業を進めていました。カッターはマストつきの小舟、内火艇とはエンジンつきの小型船舶のことです。

乾パン二缶、梅干ひと樽《たる》ずつも各艇に積みこんだ。これがのちに多くの人命をすくうことになります。

致命的な痛手をおった「名取」でしたが、ある時点までかたむくこともなく、スピードこそ落ちたものの、いぜんとして航行をつづけていました。艦隊司令部あてにも〝雷撃を受けた、西に向け七ノットで航行中〟と無電を発しているのです。状況はわるいが、それでも〝全長百六十メートル、排水量五千トンを超える大型艦の「名取」はかんたんには沈まない〟とだれもが信じていました。

けれども海水はいつか怒濤《どとう》のように甲板の下までせまってきていました。真っ暗な艦内での血みどろの浸水防止作業がつづけられましたが、「名取」の防水トビラは、つぎつぎに水の圧力に負けていきます。

午前六時四十五分。すっかり夜の明けた海の上で、軽巡洋艦「名取」が最期をむかえようとしていました。前の甲板はほとんどが水没し、主砲も海水に洗われはじめて傾斜が二十度となったとき、〝沈没のおそれあり〟と、最後の電報が発信されました。

〝救助よ、来てくれッ！〟という願いを乗せたこの電信が、生き残ったものたちにとって、頼みの綱というものでした。

輸送船のすがたはもうどこにもありません。「名取」を残してパラオをめざし、夜のうちに一隻残らずその海域を去っていたのでした。

やがて「総員上甲板、集合は中部」との命令がくだります。

機械室でかたむいた艦の立てなおしに奮闘していた機関科員も、汗と油にまみれて甲板の上をかけまわっていた砲員も、看護科員も主計科員も、生き残ったものが甲板に集まってきた。万事休す。もう沈没はまぬがれません。

久保田艦長はみんなに向かって、別れのために、

「右舷《うげん》に向けッ！」

と、最後の命令をくだしました。「右舷」とは日本の方角。朝焼けのはるか水平線のかなたには、祖国日本があるのです。

軽巡洋艦「名取」からの退去がはじまりました。

生き残ったものはいくつものグループにわかれ、自分の命をすくうための任務にとりかかりました。

退去のために用意されている非常用の小舟は四種類です。いかだとゴムボート、そしてカッターと内火艇。これらに生き残っている総員が急ぎます。

艦の沈没は思いのほか早かった。海におろされた内火艇三隻のうち、一隻は海面に達した瞬間に転覆《てんぷく》し、それへ泳いで逃げてきた兵士もろとも艦のスクリューに巻きこまれていきました。

目の前はイヤな臭いのするネットリした重油の海です。生存者たちは、あせる心のそのいっぽうで、すこしでもキチンと秩序ある行動をとろうと努力していました。そんな努力を打ち砕くように強風と荒波がかれらを襲《おそ》います。小舟の群れがみるみる漂流をはじめました。敵の機銃掃射による発火をおそれて、必要最低限の燃料しか積んでいない内火艇は、すぐに自力では動けなくなって、風と波にもてあそばれるままとなったのです。

漂流一日目の夜が来たとき、海は怒り狂ったように荒れてきました。風は十二、三メートルを超え、さらに雨が激しく降りだした。真っ暗闇のなかで、内火艇組もいかだ組も離れ離れになるまいと、声をかぎりに叫びあいます。けれど、その声もとぎれとぎれになって、ついには風と波の音以外に、なにも聞こえなくなりました。

死闘の一夜が明けたとき、小舟それぞれが、広い海に浮いているのは自分たちだけだと気づきます。

海軍士官の石塚朝海《ともみ》少尉は、六人の水兵とともにゴムボートに乗っていました。これもまた運を天にまかせるほかありません。さらにかなたには、たがいにロープでつなぎあったカッター三隻が、いちばんちかいと思われる味方の基地、サマール島をめざして、けんめいにオールで漕《こ》いでいました。

こうして十キロを超える広い海原に、日本兵たちはバラバラにちらばった状態のまま、生きるための孤独な戦いを、そして死にもの狂いのあがきを強《し》いられているのでした。魚雷が撃ちこまれたときも、艦が沈没したときも、かれらは死ななかった。いや、死ねなかった。だから生きなければならなかったのです。

ゴムボートには、カッターや内火艇のように、乾パンや特別食などなにひとつ食べものは積まれていませんでした。石塚少尉と六人の水兵は、このために、漂流のその翌日から、風と雨だけでなく、飢えとノドの渇きとも戦うことになります。

さらには、水面スレスレに浮いているボートは、サメが襲ってきます。もしもそのするどい歯がゴムボートを傷つけたら、すべては終わりです。飢えと疲れで心が折れそうになりながら、上着で水面を叩き、サメを横なぐりしながら、ボートを守るために力をふりしぼります。絶望とサメとの必死の戦いでした。

いっぽう生き残った内火艇のひとつには、松木外雄一等水兵が乗っていました。その内火艇は小舟といえども排水量五トン。ぜんぶで五十三人の将兵が乗りこんでいます。

恐怖の一夜が明けたとき、こちらもまた精根《せいこん》つかいはたして、乗組員のだれもがおしだまっていました。

しばらくすると、あちこちでおなじ質問が飛びかいます。

「艦が沈む前に救助信号は発せられていたか？」

「発せられていたとすれば、救助はいつごろ来るだろう？」

その答えは、というと、

「救助信号は発せられたはずだ！　まちがいない！」

「マニラから直行してくるとして、まず、明日の夕方には来てくれるにちがいない」

答えたものは、まるで自分にいい聞かせるようにそういったのでした。

漂流一週間ごろまでは、だいたいにおいて希望の日々でした。悪いほうへと考えがちなものも、〝いや、助けは来る〟との望みを、どうにかいだくことができました。明日こそは、とひたすら待って水平線と空を見てすごしていたのです。

じっさい二日目に、水上偵察機がかれらの上を低く旋回していったことも大きな希望を与えました。両翼の日の丸が、漂流者にとってどれほど力強く感じられたことか。

一食につき乾パンが一枚、そして水は水筒のフタに一杯ずつでした。

その水も二日目にはなくなってしまう。けれど救助の希望がつながっているあいだは、ジョークのひとつやふたつを飛ばすくらいの余裕がありました。けれど水がなくなり、気温が上がってくるにつれて、笑ってなどいられない状態におかれてしまうのです。

空腹より、ノドの渇きがいかに恐ろしいことかが、しだいにわかってくる。けれど海水をのむわけにはいきません。のめば、かえって渇きがひどくなることを、かれらはみな知っていたからです。

四日目がすぎたころ、「もうすくいは来ないのではないか」と、口にするものが出はじめます。

「いや、ちがう！　来ているのだ。しかしそれ以上にわれわれの艇は潮流に流されているにすぎない。もうすぐ追いついてくれるに決まっているだろッ！」

そう反発するものがいました。

多くの仲間たちは、当然ながらその意見に賛成しました。希望をつなげたいのです。

「このままではダメだ。すこしでもフィリピンのほうへ近づかなくては救助隊に発見されるチャンスがなくなるぞ」

と、いいだすものもありました。すぐに艇の内ばりの板がはずされて、これをオールにして順番に漕ぐことが決まりました。全員が交代して必死に漕いだのですが、まったく効果はありません。体力を消耗するために、かれらは最後の力をふりしぼったにすぎなかったのです。

こうして一週間がすぎました。急速に絶望がおおいはじめました。全員で相談した結果、一食につき乾パンを半分に、十日目からはさらに四分の一にと、分量を減らすことが決められます。しかし、その乾パンすらも、あますところ何日分もないことが、だれにもわかりすぎるほどわかっていました。

そんなとき、暑さにたまりかねて海中に飛びこんだ命知らずがいました。この男が、あるすばらしいものを発見したのです。

かれは海面に顔を出すと、狂ったように叫びました。

「おいッ！　カニがいるぞッ！　カニがいるんだ、船の胴いっぱいにはりついている！」

乗組員たちはポカーンとして顔を見あわせます。つぎの瞬間、まだ元気の残っているものは、アタマから海中におどりこんでいました。

それはまったく信じられないような情景でした。内火艇の外板に、たしかにカニがはりついていたのです。大人のこぶしほどのカニ。足はかなり長い。その足を器用に折って外板にしがみついている。

身はたっぷりと詰まっていました。これをすこしずつとっていけば、五十三人もの漂流者ですが、十日や二十日は生きられる。

さっそく試食がはじまります。あわてて食らいつこうとするのですが、感覚がにぶくなっているせいか、逆にくちびるをはさまれてヒャーッと飛びあがるものがいました。

なにはともあれ食べものは確保されました。しかし、みんなの衰弱はとまりません。水がないということが致命的でした。海水をのむことをがまんしつづけてきましたが、その理性がきかなくなってきたのです。

「のみたいなあ……。のんでも、だいじょうぶなんじゃないか?」

と、口ばしるものが出はじめます。

南の海の太陽の日差しが海に反射され、かれらの目や身体をするどく射す。飢えと暑さとで、病人が多くなっていきます。クスリなどはまったくありませんから、かれらは船中にそのまま放置されています。強烈な熱にむされて異様な臭いがただよいはじめていました。

漂流何日目であるかを数えることができたのは、十七、八日目まででした。そのあたりをさかいに、かれらは完全な絶望におちいっていくのです。

深夜、「アッ! 船が来た!」と叫んで海に身をのりだす兵士があらわれました。

幻覚にとりつかれはじめたのでした。

あんぐりと口をあけ、たがいの身体をなめあい、雨水をすすり、気がふれたように笑いあうものもいる。そしてわずかな元気を残したものだけが、ソロソロと海中にもぐってカニをとってきたのです。

人間らしい顔をしたものは、もう、だれひとりいません。やせ衰えた頬、大きくギョロギョロしているだけの目、皮ふは灼熱《しゃくねつ》の太陽に焼かれ、なんども皮をむかれ、ボロを下げているように、みじめなすがたになっていました。

二十日目のころ、最初の犠牲者が出ました。まだ生きているものたちは、かれが息を引きとるのを、ただながめるほか、なにもできません。息たえた死体を海中へと落とし、水葬にしてあげること以外は……。

その死体は、浮きながら長いあいだ艇のあとをついてきたといいます。

毎日、ひとりふたりと犠牲者が出ていました。わけのわからないことを口ばしったり、あばれだしたりしたあとは、たいがい昏睡《こんすい》状態におちいりました。こうしていくつもの死体が艇のあとについて流れていきました。そして、やがて沈む。

それに、もう気をくばるものもなく、艇の上のひとはただ静かに、順番に、死のおとずれを待つばかりとなったのです。

その状況を一変させる事態が起きました。

「わたしたちはある朝、アメリカの大艦隊のまんなかに流れこんでいることに気づきました。これにはさすがに驚きました。なにしろ空母、戦艦、巡洋艦などの大艦がグルリとまわりにいるのですから。

と、同時に、敵を見てわずかに気力をとりもどしていました。どうせ死ぬのだから、敵の兵と刺しちがえて死のうと覚悟を決めたのです」

松木さんは、そんな証言もしてくれました。さらには、

「戦う気力も体力もないものは、たがいに手ぬぐいを首にまいて、絞《し》めあうことで自殺しようとしましたが、そういう連中には、もう自殺する力さえ残っていませんでした」と。

松木さんが助けられたときのようすがアメリカの戦記に残されています。

「『名取』沈没後、その水域を哨戒《しょうかい》中だったアメリカ潜水艦スタージョン号は、海水で水びたしになり、見るかげもなくやせさらばえた四人の日本兵をすくいあげた。かれらは潜水艦ハードヘッド号の犠牲となった『名取』の生存者で、うちひとりは士官、三人は水兵であった」

事実のみが淡々と記されております。

刺しちがえることも自死もあきらめた終幕でした。

三度もどってきた特攻隊員

川崎《かわさき》渉《わたる》少尉ほか

昭和二十年（一九四五）三月。

沖縄の地でアメリカ軍との戦闘がはじまろうとしていました。アメリカ軍は太平洋に展開していた日本軍を倒し、サイパン、テニアン、グアムの、最強の守備を誇る日本軍をやっつけた。さらに、フィリピンのほとんどを制圧し終えています。日本本土上陸作戦の足がかりとしてアメリカが大挙《たいきょ》して攻撃してきたのが沖縄でした。

むかえ撃つ陸軍と海軍。それと九州に展開している陸海の航空部隊は、特別攻撃隊、すなわち特攻隊の兵士の選抜に着手します。特攻とは、爆弾を抱いて飛行機ごと敵の艦につっこみ自爆する攻撃方法。つまり戦闘機や艦上爆撃機の体当たり攻撃のことです。はじめから生きて帰ることなし、と決めているから航空燃料は敵艦までの片道分だけしか積んでいません。若い生命を人間爆弾として利用した、世にも罪深い作戦でした。ですから軍部は、表面上は〝軍による強制的な命令ではなく、あくまで本人の志願にまかせる〟という形式をとりました。あとで責任を問われないためのやり方によって、その本質を隠したのです。

しかし、軍隊という組織のなかでは、〝志願者は手をあげよ〟といわれて手をあげないことはとてつもない勇気がいる。事実上、無理でした。卑怯者《ひきようもの》の烙《らく》印《いん》をおされてしまうからです。〝志願者をつのること〟は形を変えた強制でした。

出撃した隊員には、ただちに〝二階級特進〟という出世が発表されます。ところがそのあとで、その隊員が思いがけずもどってくることがありました。整備にどれだけ力をそそいでも、それをあざけるかのようなエンジンの故障が、ときどき起きていたのです。しかたなく不時着して歩いてもどってくる隊員がいたり、あるいは出撃とちゅうで基地にもどってくる機があった。

帳簿のうえではもう死んでいることになっているそういう隊員は、それ以降、〝死んでこい！〟とばかりに、つづけざまに出撃を命じられたといいます。

知覧《ちらん》——。

それはふたつの半島にわかれている鹿児島県、その西側の薩摩半島のなかほどにある町です。知覧には陸軍の航空基地、特別攻撃隊にとって死への出発点となる基地がありました。飛行場としては急ごしらえの粗末なものでした。

昭和二十年（一九四五）四月六日から六月二十三日。沖縄の抵抗が終わった日まで、十回にわたって知覧の飛行場から、第六航空軍の陸軍機八百二十五機が飛びたっていきました。

では、いったいその生命と引き替えの攻撃の、命中率はどれくらいであったのか？

このころ従軍記者として知覧におもむいて取材していた高木俊朗《としろう》さんは、わたくしの問いにこう答えました。

「そのことを戦闘機隊長にたずねたことがあるのです。その隊長は率直な人柄でしたから、怒ったような話しぶりで内情を聞かせてくれた。まあ、せいぜい三パーセントか、それ以下だというじゃありませんか。驚きましたねえ。若い特攻隊員は、はたしてそのことを知っていたのだろうかと、わたしは暗澹《あんたん》とした気持ちになったのをおぼえています」

これからその高木俊朗さんが知覧で見たことをお話しいたします。そこにいたひとだけが知る、戦争末期の悲しい物語です。

昭和二十年（一九四五）五月十二日。

「起床時間であります、三時半であります！」

暗闇の三角兵舎のなかを、当番兵が叫びながら歩いていきました。三角兵舎とは、半地下壕の地面の上に、じかに三角の屋根をおいた小屋のことです。木の根や溝の多い雑木林のなかに、それはつくられていました。その兵舎の板壁には、ずらりと日本刀がかけてあり、その刀の柄《つか》にはどれにも飛行帽と航空眼《め》鏡《がね》がひっかけてあったそうです。

外はまだ暗い闇のなかにありました。出撃の朝をむかえて緊張している隊員にまじって、ただひとりのよそ者、記者の高木俊朗は、その当番兵の叫び声に熱い思いがこみあげてくるのをこらえていました。

板にのせられて朝食がはこばれてきます。卵、みそ汁、それに心づくしのにぎり飯。にぎり飯には点々と赤い豆がついていて、お祝いのご飯、赤飯であることがわかります。とはいえ、最後の食事としてはあまりにも粗末なものでした。

暗い室内を照らすハダカ電球の光の下に、もうもうと白っぽくホコリが浮いているのが見える。隊員たちはその光のなかで、あまり大きくはないおにぎりを指でつまんでほおばる。そのとき、だれもふたつ以上は食べなかったといいます。

高木記者はふと、食べようともしない川崎渉少尉に気づきました。少尉は、どっかりと寝台《しんだい》の上にあぐらをかいて、吸うでもなく一本のタバコをだまってほぐしていました。紙を裂くと、タバコの葉を抜きだして、指さきで丸め、それを足もとに散らしているのです。一本がすむと、別のをとりだしては、前とおなじようになんどもくり返していました。ひどく思いつめたような表情でした。

昨日の夜、少尉が知覧の町に行って、愛妻とのつらい別れの一夜をすごしてきたことを高木記者は知っていました。

この青年、川崎渉は、昭和十五年（一九四〇）四月に鹿児島師範学校を卒業すると、さらに学ぶために上京。日本大学の夜学に通うかたわら下町のある小学校に教職の口を見つけます。そこで出会ったのが妻となるあや子さんでした。

おなじ小学校の教員として机をならべているうちに、愛しあい、ふたりはむすばれた。あや子夫人は最愛の、一生を添いとげると決めたひとの最後の出撃に、やっとの思いで汽車のキップを手に入れて東京からかけつけて来たのでした。


食事が終わると桂《かつら》正少尉《ただし》が航空ブーツを強く踏みしめて大声でいいました。

「でかけよう」

板囲いの階段をのぼり、隊員たちは外へと向かいました。

出発予定時刻は六時十五分です。飛行場をとりまく周囲の山々は黒く、なかば雲にかくれているものもありました。霧がうすく立ちこめるその飛行場の一角に、黒々と特攻機がならんでいます。

出撃を聞いて知った知覧の町の人びとが、門出を見送るために夜の明けないうちから四キロもの道を歩いて基地に集まってきています。わずか数日ではありましたが、親しくなったひともいます。見送りのひとたちはにぎやかに隊員をとり囲んで言葉をかわしたり、花束を手渡したりしていました。

すこし離れたところで、川崎少尉とその妻のあや子さんの、握手をかわしているすがたを高木記者は見ていました。

あや子さんは昨夜、町の食堂「富屋」の二階で、眠ることなく夫といっしょにすごしていましたが、その朝、〝夫の出撃を見送る勇気が出ない〟と「富屋」のおかみさんの鳥濱《とりはま》トメさんにこぼしたそうです。でもトメさんからはげまされて飛行場までやってきた。せめて美しく晴れやかに、と決心し、トメさんのクシで髪を整えて、かの女といっしょに出向いてきたのです。

二十五歳の妻は夫に手をにぎられながら、「しっかりね」とひとことだけいうのがやっとでした。

夫の川崎少尉はだまって立っていましたが、やがてくぼんだ目をキラキラと光らせて、

「元気でいてくれよ」

と、こちらもひとことだけ口にして、そして手をふりほどいたのです。

妻が無言でアタマを下げたときには少尉はもう背を向けて、小走りに走り出しました。かの女が顔を上げたときには、隊員と見送りのひとたちがひとかたまりとなって大きな流れをつくり、夫のすがたを見さだめることができませんでした。

その場にくずれ落ちそうになるあや子さんを、トメさんが抱きかかえて支えました。

「奥さん、しっかりしなさいね」

トメさんの声を戦闘機の爆音がかき消してしまいました。

整備兵も見送りの町民も、飛行場のさかいに長く壁のように立ちならびます。

男なら男なら
離陸したならこの世の別れ
どうせ一度は死ぬ身じゃないか
めざす敵艦体当たり
男ならやって散れ

とつぜん左右に立ちならんだ人垣から歌声がわきあがりました。

「出発！」と号令がかかると、隊員たちは敬礼をして、それぞれの攻撃機のもとに走っていきます。最初の一機が滑走をはじめると、人びとはいっせいに手や旗をふりました。

あや子夫人は身体が大きくふるえだして立っていられず、その場にしゃがみこんでしまいました。あごを上げ、ひとみをこらして見つめようとしましたが、あふれる涙は視界をさえぎってしまう。

特攻機がすべりだしていくなかトメさんは、そんなあや子さんのために、顔見知りの兵士に〃いま離陸していくのは何隊か、何隊のだれなのか〃としきりに聞いていました。川崎少尉の属する第三攻撃隊が出発線についたときに、トメさんは、

「奥さん、ダンナさまがおたちなさるよッ！」

と、そちらを小旗でしめしました。

あや子夫人は無言でうなずきました。

この朝、知覧を出発した特攻隊は、陸軍機四十機。四十の魂も肉体も、もう帰ってこない。おなじ時刻に、沖縄をめざして飛んだ特攻機は、ほかに海軍の六十四機でした。

このとき高木記者は、ただ、やるせなく雲の多い空の一点を見つめるだけで

あったといいます。苦しく、それでいて身体中の力がぬけたようであったと。

その高木記者にとって、深く印象に残っているのが、桂正少尉でした。

特攻隊員としての心境をかれに問うと、「平々坦々」と答えたそうです。必要なこと以外はほとんど口をきくことのなかったこの無口な二十四歳の青年は、自分でしたためた上層部への意見書を記者に見せてくれたそうです。いわく……。

一、部下を犬死にさせたくない。そのためには特攻技術の訓練を徹底させなくてはダメです……

二、特攻機には優秀な飛行機がほしいが、現状はどうでしょう？　長時間の飛行訓練を積んだパイロットも不良機で出撃しているのです……

三、（……略）

四、不良機で出撃することになった特攻隊員は、つねに機の整備にばかり気をつかって、前進基地につくと整備で疲れ切ってしまうありさまです……

ぜんぶで八項目の意見書にはグチもいいわけもなく、生命をかけて戦う戦士の真情が記されていました。

この時期ベテラン・パイロットはみな戦死して、もうほとんどいません。必要な訓練をじゅうぶん受けていない未熟なにわかパイロットがつぎつぎに特攻にかりだされています。しかも飛行機はオンボロ機ばかり。それでは生命をかけた攻撃もマトはずれとなって、それこそ隊員の〝犬死に〟にしかなりません。もはや〝戦闘〟ではなく〝自殺行〟となってしまっている現実を憂《うれ》う、桂少尉のつらい心のうちがその意見書にはこめられていました。

作戦としての特攻は、機械のかわりに人間を消費した非文明的戦法です。かれのように士官学校に進学してリーダー育成の教育を受けたものには、それが

よくわかっています。にもかかわらず、そんな邪道をあえてやらなくてはならないほど大日本帝国が追いつめられていること、日本軍が断末魔にあることも、かれはよく心得えていたのでしょう。

特別攻撃隊の全機が飛び去りました。見送りの人びとが散ったあとの飛行場には、のどかな牧場を思わせる、もとの静けさがもどりました。爆音の消えた空から、湿気をふくんだ雲が低く垂れこめ、風が冷たく吹きはじめると、雨がポツリポツリと落ちてきました。

整備兵は小雨に頰を濡らしながら空の一角をにらんでいました。心のなかに「ああ、今日も帰ってくる飛行機があるかもしれない」という不安をいだいています。

出撃後十分ほどたったとき、雨雲をつきぬけて一機が風にあおられながら着陸してきました。それは川崎少尉の機でした。

「まあ、川崎さんが……奥さん、ダンナさまが」

トメさんは仰天してあや子さんを見ました。あや子さんは、ひざをガクガクさせてかろうじて立っている。やがて夫が出撃の服装そのままにうすく笑いながら近づいてきました。

「ダメだった。行けなかった」

少尉は吐き捨てるようにそういうと、こう言葉をかさねました。

「おまえはもう東京へ帰れ」

すりぬけるように夫が行きすぎたあと、あや子夫人はトメさんに肩をふるわせながら、こういったそうです。

「わたしが見送りに来たばっかりに、あのひとの心に気おくれがあったのではないかしら。もしそうならどうしましょう。あのひとに申しわけない……」

その日の夜、三角兵舎に帰って来た川崎少尉は、寝具のなかに入って毛布をアタマまでかぶっていました。声をしのばせ泣いている気配が感じられたと高木さんはいいます。かすかなその声を、記者は板壁に身体をもたせ、目をつむりながら聞いていたそうです。

部屋にいる隊員のだれもが朝飛びたった攻撃機の、攻撃時刻が来るのを待っている。緊迫感で、それぞれが肩で呼吸をしている。重い空気が部屋中を支配していて、じっさい息苦しかったことを高木さんはおぼえていました。

九時。早朝に出撃した飛行機が、いよいよ目標上空に到着する時間が近づいて、隊員たちが地下の無電室に移動をはじめました。担当の通信兵がレシーバーを耳にあてて、じっと機械に固い表情を向けています。特攻機の最後の無電が入るのです。集まった隊員たちがほとんど無電機におおいかぶさるようにして耳をかたむける。

敵の無電が入って英語が聞きとれました。その意味は、

「自殺機が超低空で来る！　早く戦闘機を上げろ！」

無電機が鳴ったのは、そのすぐあとです。ジーッと低く音が流れました。それがプツリと切れ、やがて静かになった。高木記者は、腕時計の針が九時十分をさすのを見ました。

ついに川崎少尉は無電室には来ませんでした。

「数日後、別の取材で熊本市へ向かいました。約一カ月滞在するのですが、そのあいだに知覧の特攻隊の情報をずいぶん耳にした。胸の痛む話ばかりでしたが、とりわけつらかったのが、川崎少尉のその後のことでした。川崎少尉は三度出撃して三度ひきかえしたのだそうです」

高木さんはつぶやくように、そういいました。

わたくしはあや子夫人をたずねることにしました。その後の話を聞くために……。

かの女は戦後も下町のおなじ小学校の先生をつづけておられました。

「〝きみが知覧にいるせいで、機のエンジン不調でもどってきても、だれもそう見てくれないのだ。だからたのむ、東京へ帰ってくれ〟と渉さんはいいました。そう叱りながらも、とちゅうから泣き声になってしまって、いい終わってから……泣きくずれました」

五月三十日。川崎少尉にとって四度目の死の出撃が命じられました。その前々日、少尉はかの女に、こう打ち明けたそうです。

「ぼくの機はどうしても必要な部品がないために、いつも故障を起こすらしい。整備員が東京へ行ってとってきてくれというのだが、それでなくとも誤解されているぼくだ。東京へなんか行けないよ。ともかく明日、テスト飛行をしてみる。テストに成功したら、今度こそみごと死んでみせる」

そして翌日、川崎少尉は、〝テスト飛行は基地上空に限る〟という軍のルールをやぶり、故郷の隼人《はやと》町上空に飛んでいきました。高木記者はいいます。

「エンジンの調子をしっかりたしかめるために、長距離を飛びたかったのでしょう」と。機は旋回をつづけるあいだに墜落《ついらく》。かれは必死で脱出を試みたのですが、落下傘はひらきませんでした。そのまま故郷の土の上に落ちていったのです。

「わたしあての遺書が見つかったんです。すぐに捨てられてしまいそうなちり紙に走り書きしたものでした。

〝長いこと心配をかけた。短い人生だったけれども、非常に幸せだった。心から感謝する〟とだけ、ありました。もし、東京に部品をとりに来ていたなら、そのあいだに沖縄戦は終わっていました。あのあと特攻隊は中止されたのですから、川崎は死なずにすんだかもしれません」

あや子さんはうつむいて涙をぬぐいました。となりの部屋からかわいい少女が、そっと顔を出すと、

「お母さん、どうしたの？」

と寄ってきて、心配そうに、あや子さんのひざに小さな両手をのせました。

わたくしは知覧にも足をはこびました。

鳥濱トメさんは、みずから基地のあとに小さな観音様を建てていました。自分が見送った数多くの若者の冥福《めいふく》を祈り、かれらをしのぶためです。

「みんなわたしの息子じゃけんねえ。いま、ツツジがきれいに咲いておってね。日曜ごとにやってきて、こうしておまいりをしていますす」

石川県能登島に、桂正少尉の父、桂左一さんをたずねていきました。老人は、毎日自宅の裏の墓所にのぼって、息子の墓石の前に立つのです。

「正はやっぱり医者にすればよかったと後悔しております。軍の学校に入れるのではなかった。そうすれば、この百二十戸ばかりの村の衆がどんなに喜んだことか。医者のいないこの村には、生きたあいつが必要だったのです。それを勝手に死におって……」

盛り上がったようなその小高い墓地からは、一望に能登の海が見えました。

「しかし、あいつのことですから、ここが故郷と思わずに、まだ沖縄にいるつもりになっているかもしらんが……」

ちり紙を忘れた父は、そうつぶやくと、じつに上手にチンと手鼻をかみました。そしてわたくしの顔をのぞくように見ると、ニコニコと相好《そうごう》をくずしたのです。

今村均《いまむらひとし》大将
国破れて名将ありといわれたひと

昭和二十年（一九四五）八月十五日、とつぜんの敗戦をむかえたとき、日本の国民の胸には割りきれないものが残されました。

その直前まで、国はなんといっていたのか。

「このままでは日本の国は亡《ほろ》んでしまう。国体護持《こくたいごじ》に確信がもてないなら、このさい一億玉砕《ぎょくさい》を覚悟して、最後の一戦を戦いぬくしかない！」

国体護持とは、天皇と天皇の権限や権威を維持したまま、国の制度を守ることです。

国の指導者たちが煽《あお》りつづけたこの考えが、大多数の国民にゆきわたり、一億特攻が叫ばれていました。しかし戦うもなにも、爆弾の性能をどんどんとあげて破壊力を大きくしていくアメリカにたいして、日本は、何十年も前の日露戦争でつかわれていたような旧式の銃でさえ、ついにゆきわたらなくなっていました。信じられないかもしれませんが、日本の大人たちは、〝竹ヤリで戦おう！〟などと本気で掛け声をかけていたのです。

もちろんこれも、国がさかんに宣伝した標語にすぎませんが。

八月六日、アメリカ軍は広島に原子爆弾を落としました。八月八日の深夜、ソ連が宣戦布告をして、翌九日には、長崎に二発目の原子爆弾が落とされました。戦争の終わりはこのあと急ぎ足となっておとずれたのです。

よく知らないひとのためにちょっと説明を加えます。

アメリカ軍が広島に落とした原子爆弾は、ウラン235の核分裂連鎖反応によって爆発します。それは三千度から四千度の熱線と爆風を生じさせる。さらに放射線をはなって、人体に被曝《ひばく》させることで、細胞や遺伝子のレベルにまで損傷を与えるのです。

原子爆弾は人間だけでなく、自然界にも長いあいだ悪影響をおよぼすことが知られています。当時「新型爆弾」と報道されたのは、だれも知らない、人類がはじめて手にした恐ろしい爆弾だったからです。長崎に落とされたのは、広島に投下されたものよりも破壊力が大きいプルトニウム型の爆弾でした。

八月十四日、御前会議《ごぜんかいぎ》がひらかれ、天皇と内閣、そして軍部の責任者が、皇居のなかにある、地下の防空壕としてつくられた「御文庫附属庫《おぶんこふぞくこ》」に集まりました。

天皇は、国の政治と軍事をになうものたちを前に決断をくだします。ポツダム宣言の受諾です。それはアメリカ、イギリス、中華民国、ソ連といった連合国の首脳が、日本にたいして降伏を強いるための宣言でした。さきに無条件降伏していたナチス・ドイツの首都ベルリンの郊外ポツダムで発せられたので、この名がつけられたのです。

御前会議での天皇の声の調子は、とつぜん高くなったり低くなったり、ときにとぎれ、ときにはやくなったりしたそうです。そのようすが、その場にいたものたち、追いつめられたものたちの胸には、つらく悲しくひびきました。

そのとき天皇はこういいました。

「国土と、国民のあるかぎり、将来、国家が成長していく根はじゅうぶんにある」

絶望的な戦争をつづけていけば、すべてを失ってしまうことになりかねません。天皇には、その現実が痛いほどわかっていたのだと思います。

御前会議に出席していた大臣たちのなかには、ハンカチで目をおさえているものもいた。ハナをすすりあげているものもいた。言葉の意味よりも、天皇の独特のいいかたが、いっそうその場にいたひとたちの胸をうちました。

天皇は言葉をつづけます。

「自分が信頼してきた軍人たちが武器をとりあげられたり、自分に忠実につくしてくれた政治家や軍人たちが戦争犯罪人として処刑されるかもしれないと考えると、たまらないことである。情において、まことに、しのびない」

天皇は、そういうと、はめていた白い手袋でそっと頬をなでました。その頬もぬれていたのをまわりのひとたちは見ていました。

会議が終わると、出席していたものたちはみな顔をふせ、トボトボと長い地下壕の廊下をあがっていきました。

では、戦争の終わりと日本の敗北を知った国民の気持ちはどうだったでしょうか。

もう降りそそぐ爆弾から逃げなくていいのだ、とホッとする気持ちはあった。

けれども、底なし沼につき落とされたようなさびしさや挫折感は、とても大きなものでした。何千何万という人間の死が、敗戦によってまったくむなしいことになってしまったのです。生き残った人びとは、職場で、学校で、野で山で、見えない明日に不安を感じおののいておりました。

新聞では、つぎつぎと軍人の自殺が報道されていきます。世界に誇る無敵の連合艦隊は亡び去り、最強といわれた関東軍、これは中国東北部におかれた日本の軍隊のことですが、この関東軍もまた、消えてしまっていた。その事実を、内地にいた国民はようやくはっきりと知ることとなったのです。戦争中は、ほんとうのことをなにも知らされずにいたのですから。

いっぽう外地ではどうだったのでしょうか。

終戦によって立場が一挙に変わってしまった。それまで支配者として君臨していた日本軍とそのまわりにいたものたちは、敗戦によって現地の人びとからその責任をきびしく追及される、正反対の立場になったのです。そして国際法という法律によって、戦争に勝った国が戦争に負けた国の指導者や将兵を裁くことになって、見えない明日どころか、自分の明日の命さえ見えなくなった。

じっさい東南アジアの諸国にいた日本の戦争指導者や軍人たちは、「BC級戦犯」として捕らえられ、いやおうなく裁かれました。罪に問われたのは、たとえば降伏してきた兵士や捕虜を殺害したり虐待したこと、あるいは民間人を殺害したり迫害したことなどなど……。日本の兵隊たちは、たしかに戦争中に、外地でひどいことをずいぶんしていたのでした。

こうした裁判は終戦後、各国でつづけられました。戦争に勝った国は、日本軍が占領していた国や地域で責任者の立場にあった将官たちを、つぎつぎに死刑にしていったのです。

しかし、ここにひとり、死刑にはされなかった軍司令官がいました。その名は今村均。戦争がはじまったときにジャワ派遣軍司令官をつとめた軍人です。

戦争が終わると、今村さんはただちにラバウルでオーストラリア軍による戦争裁判にかけられて、十年の刑を受けました。部下から戦争犯罪人を出した、その責任を問われたのです。今村さんとその部下およそ二百五十人が、おなじていどの罰を受けることになりました。

今村さんの裁判はまだ終わりません。そのあと、オランダによるもうひとつの裁判が待ちうけていました。

昭和二十三年（一九四八）四月、今村さんだけが部下たちから引きはなされて、ジャワの刑務所にうつされました。ここの法廷が予定していたのは、ほかの軍司令官とおなじ絞首刑でした。

ところが、ふしぎなことが起きました。

法廷に証人あるいは参考人として出てきたすべてのオランダ人やジャワ人が、戦闘のさなかでも、そのあとの占領中でも、なにもひどいおこないはなかったと証言したではないですか。さらに、裁判長そのひとが、検事が求めた「死刑」は適当ではない、として、憎んでも憎み足りないはずの日本軍の大将の生命をすくうために、法廷で検事とあらそったのです。

結果は、「無罪」でした。

戦争がいったんはじまれば、あらゆるものが戦争につぎこまれていく。けれど今村大将の考えは、戦場で勝ち負けがついたなら、そのあとの占領にあたっては、その地のひとたちにできるかぎりの温情をもって接するべきだというものでした。ですから、今村さんたちが占領したジャワでは、オランダ人が妻子をつれて夕暮れの町を散歩するすがたがあたりまえのように見られたというのです。

「そんなのふつうでしょう?」などと聞かないでください。あの時代、こんなことは占領地ではきわめて珍しいことでした。のちに戦争犯罪に問われるような非人間的なおこないが、外地のいろんな町や村でおこなわれていたのです。

当時、従軍記者としてジャワに滞在していたジャーナリストの大宅壮一《おおやそういち》さんから聞いた話を紹介しましょう。

オランダが植民地にしていた時代には、かたく禁じられていたインドネシア独立の歌、「インドネシア・ラヤ」。のちに国歌になるのですが、今村さんはこの歌を歌うことを人びとに認めていた、というのです。のみならず今村さんは、日本で「インドネシア・ラヤ」のレコードをたくさんつくらせて、ジャワのひとたちにタダで配った。これがとても喜ばれたそうです。

ジャワ人と日本人の交流もなごやかで、大宅さんは、「これがほんとうのありかただと感心した」とも語っていました。

ところが昭和十七年（一九四二）十一月、ソロモン諸島の戦争の状況が悪化したため、今村さんは立て直し部隊の軍司令官として、ソロモン諸島の拠点、ラバウルに異動されます。今村さんのあとがまとしてジャワにやってきた軍人は、「インドネシア・ラヤ」をふたたび禁じ、独立運動にかかわるジャワのひとたちをつぎつぎと留置場《りゅうちじょう》にぶちこんだ。

昭和十八年（一九四三）にはジャワの人びとはすっかり日本人を嫌うようになってしまうのです。大宅さんは、〝もうここにいてもしょうがない〟と思ってあわてて帰国したそうです。

今村さんはジャワ時代の温情ある統治が認められ、オランダ政府からは無罪として釈放されたのですが、オーストラリアの裁判での、十年の刑期が残されています。そのオーストラリアからもこんな命令がとどきます。

「今村は、マヌス島に帰ってこなくともよろしい。ただちに巣鴨の刑務所で服役するように」

このころすでにラバウルの部下、戦争犯罪人となったものたちは、パプアニューギニアの北に位置するマヌス島の刑務所にうつされていました。

昭和二十四年（一九四九）十二月二十四日。今村さんは日本に帰ることになる

のです。乗り込んだ船が出ていく港には多くのインドネシア人が手をふって、あるいは紙でつくった日の丸をふり、

「ゼネラル・イマムラ、サヨナラ！」

と叫んでなごりを惜《お》しむ光景がありました。

船には、無罪になったひとたち、そして今村さんのように有罪にはなったものの日本にもどることを許されて、巣鴨での服役を命じられたものたちが乗っています。いよいよ夢にまで見たなつかしのふるさと日本です。家族にもまた会える。船の甲板には、「バンザイ！　バンザイ！」と泣きじゃくりながら叫ぶかれらのすがたがあったそうです。

そして数日の航海をへて日本の港に入ったとき、かれらは船の手すりから身をのりだして叫んだ。

「帰ってきたよぉ、無事に帰ってきたのだよぉ」と。

ところが、いっしょに甲板に立っていた今村さんの顔色はさえません。若い

兵たちとおなじ喜びがあったはずなのに表情はくもっていたのです。

それを見ていたのがジャワ派遣軍当時のもっとも近しい部下、山本茂《も》一郎《いちろう》少将でした。今村さんといっしょに小さな船室にもどるやいなや、かれはたずねました。

「閣下、どうかしましたか？」

すると今村さんはこう答えたそうです。

「山本くん、やっぱりわたしはマヌス島へ帰るよ」

このひとことに、山本さんはうろたえます。驚きの言葉でした。

今村さんはつづけます。

「戦争犯罪に問われている多くの部下をあの島に残して、最高責任者であったわたしが、どうしてひとりぬくぬくと巣鴨で服役などできるというのかね。せめて、せめて刑期が終わるまで、むかしの部下たちといっしょに暮らしたい」

そういいながら、テーブルの上に両手をのせて、静脈のうきあがった枯木のような手を老いた将軍はながめたそうです。山本さんもその手を見つめました。
「骨と皮とのあいだに肉はなく、静脈だけが太くとおっていました。戦場でつらい体験をかさね、生死のさかいを行きつもどりつしたひとの手だ、とわたしは思いました。すると閣下はわたしにこういったのです。〝山本くん、わたしの考えはまちがっているだろうか〟と」

山本さんの胸を、泣きたいような感動がひたひたと満たしていったそうです。そして、〝その問いに答えるべき言葉などひとつもうかばなかった〟と、かれはわたくしに教えてくれました。

陽に焼けた丸顔、健康そうには見えますが、もう六十歳を超えています。外地では十年あまりの苦労をかさねてきました。ようやく祖国日本に帰ってきた。今村さんは、なつかしい山や川、荒れはてた町々、それらを感無量の面持《おもも》ちでながめたことでしょう。

しかしかれの〝ふたたび遠い南の島へ行きたい〟という気持ちはゆるぎません。オーストラリアの当局に交渉してくれと、妻の久子さんに命じたのです。奥さんも、もう歳《とし》をとっています。せっかくこうして帰国を許されながら、なぜ、という思いがある。

かの女は、夫の決めたことに異をとなえることなどない、奥ゆかしい奥さんでしたが、たまらずこう聞いたそうです。

「よくお考えのうえのことなのでしょうが、ご再考いただくことはかないませんか？」

今村さんは、すまなそうな表情をうかべてこう答えたというのです。

「うん、再考の余地はないんだよ」

帰国後、はじめて見せた夫のかすかな笑顔でしたが、家族との絆を断つ覚悟がそこには秘められていました。奥さんも心を決めました。

今村さんのたっての望みを、オーストラリア政府も軍も受け入れました。今村夫人のたびかさなる求めに「それではマヌス島への船便があるから、それに便乗させることにしよう」と、ついにいってくれたのです。

戦争が終わってすでに五年ちかくたっていました。それだけの時間が流れてなお、元軍司令官としての責任感から熱帯の島にわたり、部下をかばおうとした今村さんの心は、勝者の心にもつうじたようでした。

「今村閣下が島に帰ってくる！」

この知らせはたちまち海をこえて、かつての部下たちのもとへと飛んでいきました。昭和二十五年（一九五〇）三月五日、マヌス島の日本人にとって、それは記念すべき日となりました。

軍隊のなかで、どれほどエライのかを示す襟章《えりしょう》などとり去った、軽装の元将軍が、大根、ネギ、そのほかたくさんの野菜のタネを大きな麻袋《あさぶくろ》いっぱいにつめて、さらには鉛筆やノートなどの文房具をもって、島に帰ってきました。

「われらの父、帰る！」

部下たちは喜びの声をあげてむかえました。軍人のなかでももっとも上の、大将だった人物が、シモジモの兵とおなじ境遇に、わざわざ志願して来るなど、とうてい考えられないことだったのです。

戦争犯罪人となって、その罰として重労働をさせられ、身も心もやつれはてた人びとにとって、細い目をいっそう細くしてほほ笑む大将の笑顔は、父や兄や、なつかしいわが子のようにも思えたといいます。

「また諸君の世話になるよ」

今村さんは、そう、ひとことというと、粗末なコンクリートづくりにトタン屋根の牢屋のなかにみずから入っていきました。

その夜、今村さんを囲んでささやかな歓迎会がひらかれました。お水と粗末な食べものしかありません。けれど今村さんは部下たちに囲まれて、日本から

もってきた笑顔を忘れませんでした。楽しい夜です。

「わたしは、ヒツジを忘れてきた。だからヒツジのもとに帰る、とマッカーサーにいったのだよ」

そう語る今村さんに応えて、部下たちはどっと笑いくずれました。〝ずいぶんとむさくるしいヒツジがいたものだ〟と。笑いながらも部下たちはこのとき、将軍が自分たちとともに死のうとしていることを、はっきり感じとったといいます。

二度と日本へ帰れないかもしれないというおそれはだれにもありました。この熱帯の南のはてでその一生を閉じなくてはならないのかもしれない。金網と、マシンガンを抱えた看守たちに囲まれて、むなしくこの島の土に埋もれなければならない。そう覚悟していたのです。

そう思いつつも、いっぽうでは将来への期待に胸をこがす。だからこそ部下たちは思う。今村さんはだれよりも重い罪を受けようとしていると。

これは胸に突きささる感動でした。

感動はまた涙を生みました。涙はすさんだひとの心をハダカにし、素直な気持ちを引きだしていくのです。

「そうだ、日本に帰ろう。それまでなんとしても生きぬこう」

人びとは素直にそう願い、そして誓い、素直になればなるほど、また泣かないではいられませんでした。

かれらは歌いました。日本の歌を、あのふるさとの歌を。

ウサギ追いしかの山
小ブナ釣りしかの川

昭和三十六年（一九六一）。戦後十六年目のその年の、八月八日に魔之巣会《マヌス》がはじめてひらかれました。マヌス島での刑を終えて日本に帰ってきたひとたちにとっては、まだ戦後八年でしかありません。

この会に、部外者であるわたくしも参加が許されました。

幹事の林本雲《はやしもとくも》さんはいかにも嬉しそうに語ってくれました。

「この八年、みんなが生活をたてなおすことに悪戦苦闘しておりました。だからなかなか集まることもできなかったのですが、やっとこうして顔を合わせることができました」

そういって、かれはむかしの仲間の顔をニコニコしながらながめていました。

そばにいた簡和波《かんわは》さんはこういった。

「今村閣下にも、ほんとうにひさしぶりにお会いします。とにかくみんなオヤジさんの顔を見れば大喜びです」

そういえば大将は、戦後も部下から深い尊敬をもって〝閣下〟とよばれつづけていました。魔之巣会の人びとにとっては、むかしもいまもオヤジ閣下なのです。

　そのオヤジ閣下は、晴れの会合の日の夕暮れ、ひさしぶりに髪を短く刈って、豊かな頬をつやつやさせ、目から鼻にかけてシワをよせて笑う、独特の笑顔で家を出ました。

　そろそろ秋風がたつ。手のとどくほどに低い西の空に雲が流れていく。歩きだした老将軍のあとを追いかけて、やさしくひぐらしが鳴きだしていました。

靖国神社の緑の隊長

吉松喜三《よしまつよしぞう》大佐

かつて靖国神社の境内《けいだい》の東北の片隅に、きれいに整地された畑がありました。その畑に、十センチほどに伸びた緑の苗がさやさやと風に揺れていたようすを、わたくしはいまでもはっきり思いだすことができます。畑から目を、すこし高いところに移すと、銀杏《いちょう》、桜、とち、靖国神社の境内にある樹木の実が、青く芽吹いていたことも。

靖国神社の苗木畑のある風景は、ある老人ひとりの力によってなしえたことと知って、わたくしはその日、本人から話をきくために靖国神社にやってきたのでした。

独力でつくった畑に、ひとりで靖国の銀杏《ぎんなん》を植えて育て、その老人は苗をむかしの部下の、さらには、日本中の遺族にさしあげようというのです。それは、罪のつぐないというよりも、三百二十万の、戦争の犠牲者の〝声なき声〟を、すべての日本人につたえたい、そんな願いでした。その熱い思いが一粒一粒の銀杏の実にこめられていたのです。

老人はこれを「貧しきものたちの緑の灯《あか》り」といいました。

あるいはこうもいいました。

「平和をあらわすものに鳩をつかいますが、わたしは緑だと思っています。これらの苗が日本中のあちらこちらでみごとな大木になる。そのときこそ、殺しあったり傷つけあったりしない、ほんとうに平和な日本が生まれる。わたしはそう思うのですよ」

長い眉、長い鼻のした、深いシワ、そして老いのシミが、そのやわらかな表情にうかんでいました。

ありふれた老人でした。このひとが中国大陸の北部で多くの部下をひきいて戦った陸軍機動第三連隊長、吉松喜三大佐と、だれも気づかないだろうな、とわたくしは思いました。まして戦場を離れる前に、かならずその荒れはてた黄《おう》土《ど》に樹の苗を植えつづけた〝植樹連隊長〟だったことを知るひとは、ときに苗木を求めて靖国神社をおとずれるひとのなかにもいなかったはずです。

わたくしたちの暮らすこの国は、かつて中国と長い戦争をしたことがありました。はじまったのは、アメリカやイギリスと戦争をはじめる四年前の昭和十二年（一九三七）七月でした。

さほどむかしのことではない、といえると思います。なぜなら、わたくしはもうそのころには、子分をひきつれてイタズラばかりしている悪ガキに、立派に成長しておりましたから。

それは日中戦争がはじまって四年目に入った昭和十五年（一九四〇）の夏のこと。中国の各地には、日本の国からたくさんの男たちが兵隊として連れてこられていました。

このとき吉松喜三さんは四十五歳で、中佐という地位にありました。作戦を指揮する立場です。その上に陸軍第十四師団、戦車第十三連隊の連隊長という重い任務に早くもついていました。

ある日の午後、丘の上の陣地に設けられた司令部小屋で、吉松たち幹部は机を囲んで作戦会議をしていました。吉松がちょっと身体をひねって右前方を指し示したそのときです。

「ヒュー」

という、空気を切り裂くような音がしました。

一発の敵弾がかれの革のベルトをかすめて右の脇腹をえぐっていったのです。さらにその敵弾は、となりにすわっていた上官の、柴田大佐の右腕までも貫通していった。

流《なが》れ弾《だま》とはいえ、それほど強力な敵弾でしたから、もし身体をひねらなかったならば、吉松連隊長は即死であったことでしょう。偶然のことでしたが、きわどく命びろいをしました。

それでもかれはその場に倒れてしまいました。すぐさまちかくの街、宜昌市《ぎしょうし》内の病院にかつぎこまれていったのです。

宜昌とは、中国湖北《こほく》省の西に位置する都市です。大河、長江《ちょうこう》のとちゅう、けわしい山々をぬうように流れる景観は「三峡《さんきょう》」とよばれて、むかしから人びとに好まれた名所でした。宜昌はその下流域にあり、写真も多く撮られています。

このあたりの夏の暑さといったらそれはそれはひどいもので、兵隊さんたちは「スズメが屋根にとまると、見る間に焼き鳥になってころげ落ちてくるゾ」

と冗談をいったほどです。吉松中佐はそんな暑さのなか、あぶら汗をかきながらお腹の傷の痛みに耐えていました。

宜昌市の真ん中に長江が流れています。河のほとりに建つ病院の対岸からは、敵が撃つ機関銃の流れ弾が、ふいに病院の中庭に飛んでくることもありました。傷ついて病院に横たわる兵隊さんとて、けっして安全ではなかったのです。戦場ではだれもがつねに死と向きあっていました。

そんななか、ベッドの上の吉松中佐は、窓から女のひとたちの歌声が流れこんできたことに気づきました。こんな戦場にあって、あまりに美しすぎるメロディーと歌声でした。吉松中佐は、その声を発するひとたちを自分の目で見たいと思いました。それが夢やまぼろしではなく、現実であることをたしかめたかったのかもしれません。

ベッドをはいだして、傷口をかばいながらゆっくりゆっくり窓辺に向かいました。

二階の病室の窓からは、道をへだてた向かいの建物の庭がよく見えました。レンガづくりの洋館と、緑を青々と茂らせた太い樹木。その木陰には、白衣を着た白人の尼さんを囲む、小麦色の服を着た数人の中国人の尼さんのすがたがありました。みんなで賛美歌を合唱していたのでした。その光景を見ながら吉松中佐はあることに気づきます。

「ああ、今日は七月十四日だ。パリ祭の日だ」

パリ祭とは、一七八九年に起きたフランス革命で、フランス共和国が成立したことを祝う日のことです。

「あの白人の尼さんはフランス人かもしれない」と思いいたったとき、戦争が起きる前の、自分のフランス留学時代のことが思いだされてきたのでした。

「セーヌの緑。凱旋門《がいせんもん》の通りの並木、マロニエの葉かげ。パリは緑がよく似合う街だった」

花の都をなつかしむと同時に、吉松中佐の心にはひとつの疑問がうかびあがります。

「いつ修羅場となるかもわからない戦地で布教をつづけている尼さんたちは、いったいなにをその心のよりどころにしているのだろうか」

そう考えている最中にも、庭いちめんの、樹々の緑が中佐の心を緑色にそめあげていきました。コーラスのメロディーが、まるで戦争でささくれ立ったかれの心のトビラをやさしく開けたかのようでした。

けれどもしばらくすると緑の幻想はスーッと消えてしまい、そのあとを、日本軍の荒々しい兵隊たちのすがたが濃い影となって心をうずめていきました。

戦闘で、すさんだザラザラの心。そして際限もない砂と黄色い土ばかりの大地。絶え間ない殺戮《さつりく》。そんな日々にあって兵隊たちは、憂うつになり粗暴になっていくのです。弾丸の音にだけは敏感に反応しました。ポカリと地にあいた砲弾のあとのように、かれらの心にも穴があき、ひからびていたのです。

みんなが生まれ育った日本の故郷には、緑の庭があったろう。そしていぐさの香りゆたかな畳に身体を横たえることもできた。それがいまは、黄色の土と石ころの家に寝泊まりし、泥の池や河の水で朝夕の飯を炊いている。

だから炊き上がったご飯はたいがい砂利《じやり》まじりなのです。

戦闘となれば緑の立ち樹を容赦なく伐《き》り倒し、根こそぎにし、橋にするためにつかったり、敵の銃弾から身をかくすための組み木にする。戦いがおさまれば、それらの木片は、煮炊きのために惜しげもなく燃やしてしまう。

「日本軍のとおったあとは、なにひとつ残っていない」と、中国人たちは「東《トン》洋鬼《ヤンクイ》」とよんで日本の兵隊をおそれ、おびえておりました。

吉松中佐はベッドのなかで考えました。

「このままじゃいけない。日本人はそんなひどい人間たちではないはずなのだ。自分の手で樹を植えたら、その一本に愛情がこもる。やさしいひとの心をとりもどせる。死んでいった戦友の魂も、その樹々のかげにもどってくるにちがいない。樹木は無言であっても、風が吹けば、ふれあう葉のささやきになつかしい友の声を聞くことができるかもしれない。戦争に明け暮れてすさんでいく兵隊たちの心をなごませるものは、緑の樹木しかない。樹木の育つところには平和の風が吹きこんでくる。破壊ばかりが戦争であってはいけないのだ」

ひと月後、吉松中佐は退院、機動第三連隊長・大佐に任じられました。修道院の緑の樹々が大佐の心のうちにある変化をもたらしていました。かれはさっそく連隊のすべての将校、つまり大隊長、中隊長、小隊長といった指揮官たちに集まってもらい、自分の考えを語りました。その考えを大佐は〝戦地緑化戦〟と名づけました。日本軍の部隊がとおりすぎるときに、かならず樹木を植えることにしよう、というのです。

みんなが賛成してくれました。それを任務とすることが決まると、花を咲かせる樹木も植えよう、とか、大きく枝をはる樹木を植えたらいい木陰ができるぞ、とか、いろんなアイデアがとびだした。つまりみんながこの発案を喜んだのです。

こうして、むこう三カ月間を各隊の競争期間として、〝植樹をせよ〟と命令をくだしました。その話をはじめて聞く、いちばん下の階級の兵士たちはあぜんとしたそうです。軍隊では、命令にいちいち説明はありません。やみくもに上のひとから押しつけられてくるだけで、ねらいや目的がどこにあるのかなど兵隊さんにとっては知る必要のないことだったのです。それだけに兵隊さんたちがめんくらったのはしかたのないことでした。

「なんだい？　こんどの連隊長は植木屋のせがれかい？」

はじめは、部下たちはぶつぶつと不平をいいながら、休憩時間を返上して水おけをかついだのでした。じっさいこの連隊は翌日から、戦闘を休むことはあっても植樹を休むことは一日たりともなかったのです。

まず、中国大陸のきびしい風土と戦わなくてはなりません。おだやかな気候と雨にめぐまれた日本の農法など通用しません。大陸では激しい自然や環境と、どんなふうに向きあって調和するのかが大問題でした。樹木一本植えるにも、それこそ悪戦苦闘でした。

樹木はみんなおなじようでいて、じっさいはそれぞれ個性や特徴というものがあります。元気のいいものもあれば、すねてなかなか根をおろさないものもある。ですから、ある朝、明るい日差しのなかで、あるかないかの若葉が、苗木からふいて出ているのを発見したとき、兵たちは口ぐちにバンザイを叫んでいました。あさい緑色のあざやかさが目に、そして心にしみたといいます。それはひとつの奇跡とも思えるものだったのです。

内モンゴルにある都市、包頭《パオトウ》の町に駐屯していたときのことです。

吉松連隊の将兵の手によって中国人のための公園がつくられました。子どもたちには小さな動物園もつくられた。街路には、日本からおくられてきた桜やポプラの並木ができました。それはまるで劇場のまわり舞台が回転すると背景が時代劇から現代劇に変わっていた、というほどの変わり方であったそうです。

乾いた黄土のなかで、兵隊たちの心には新鮮な、やわらかい精神がしだいに芽生えていきました。敵の中国軍（八路軍《はちろぐん》）との小ぜりあいの戦闘は、連日のようにおこなわれてはいましたが。

兵隊たちはすっかり〝植樹連隊長〟のことを好きになり、かれにすっかり傾《けい》倒《とう》してしまいました。訓練や規則はことのほかきびしかったし、連隊長はめったなことで笑顔を見せようとはしなかったのですが、なつかしい日本内地の風景とあまり変わらなくなった包頭のながめが、つらい戦争の恐怖心から、兵隊たちをすくっていたことはたしかでした。吉松連隊長の命令によってもたらされた風景でしたから、好きになっていくのは当然のことだったのかもしれません。

そして戦車に植木をいっぱい積んで果《か》敢《かん》に戦う吉松連隊のことは中国軍にもよく知られるようになりました。

それから四年後。

昭和十九年（一九四四）春になっても中国との戦争は終わっておりません。それどころか、昭和十六年（一九四一）十二月八日から、あらたにアメリカやイギリスとの戦争までもがはじまっています。

吉松戦車連隊は、ほかの多くの部隊といっしょに河南《かなん》作戦をになうことになります。

河南作戦は、「大陸打通《たいりくだつう》作戦」（昭和十九年四月～十二月）という軍事作戦の、はじまりに実行された作戦でした。中国のあちこちにいた日本軍が、中国の内陸部からフランス領インドシナ、いまのベトナムにつながるルートを確保するため、正規の中国軍と戦ったのです。黄河の南にある河南省の要衝を攻略することがその目的でした。

多くの連隊をさしむけて戦うだいじな一戦です。

この作戦をはじめるにあたって吉松たちは隊歌をつくることにしました。兵隊たちが行進をするときにみんなで歌う行進曲です。その歌を歌いながら、植樹部隊の一員であることを感じて胸を張って歩こう、勇気を出して進んでいこうと。

さっそく歌詞の募集がおこなわれました。審査には連隊長や大学を出た将校があたります。かれらは、入選作十篇のなかからいい言葉やアイデアのよいところをとって、ひとつの歌にしたのでした。その歌詞はこうでした。

雪に嵐にうち勝ちて
四方にひろがる深緑
西風いかにすさぶとも
われに平和の木陰あり

みんなでつくったその歌を、歌いながらおもむいた戦地は河南方面にある洛《らく》陽《よう》というところでした。その地で中国軍との激しい戦いがはじまったのです。敵は戦車が近づけないようなけわしい地形を利用して、激しい抵抗をくり返しました。戦闘の開始から一カ月のあいだに、戦闘は十数回おこなわれ、じつに二百五十人もの日本の将兵が命を落としました。

洛陽についてちょっと説明しておきましょう。ここには龍門石窟《りゅうもんせっくつ》で有名な龍門高地があります。龍門石窟は、山西省大同《さんせいしょうだいどう》の雲崗《うんこう》石窟や敦煌《とんこう》の千仏洞《せんぶつどう》とともに世界に名だたる貴重な文化遺産です。そんな貴重なありがたい場所でかつて死闘がくりひろげられたのです。

この戦いで、吉松大佐と親しかった部下の者たちもつぎつぎに倒れていきました。なかでも西宮中尉の死は、かれにとって一生忘れられないものとなりました。

死にのぞんだとき、吉松大佐の腕のなかで、西宮の苦痛の表情がとつぜんは

ほ笑みに変わりました。そしてただひとこと、

「ああ、安北《アンペイ》の灯《ひ》が見える」

と、かれはかすかにつぶやいたのだそうです。

安北は、中国の内モンゴルにある町。吉松たちの部隊が長く滞在した町でした。

もとは砂漠の町でしたが、日本の兵隊たちとその地に暮らす中国人たちが力をあわせて木の苗を植えた町です。やがて緑の町にすがたを変え、ここが戦場かと思われるほど、明るく静かな灯《あか》りが数多く灯《とも》される町となったのでした。

戦死した西宮中尉の最期のとき、かれの目には、まわりに落ちてくる砲弾の炸裂が安北の町の平和の灯《ひ》と映ったのかもしれません。

大きな犠牲を出しながら、日本の兵隊たちは必死になって戦った。それはひとえに戦争を終わらせるためでした。ついにガレキのハゲ山となった龍門高地をうばい、洛陽を占領して戦いが終わりました。吉松連隊の将兵は、植樹の平

和集団にたちまちすがたを変えました。

鉄砲をシャベルやくわにもちかえて、戦いのあとの生々しい荒れた土の上に苗木を植えはじめるのです。

かれらは隊歌を合唱し、軍服のポケットにタネを入れ、すこしでもひまを見つけると、まるでそれしかすることがないかのように、せっせとタネをまき水をまいた。それが兵隊たちの心のすくいとなっていたのです。自分たちの心の泉を守りたかったのかもしれません。

中国にいるかれらにも、昭和二十年（一九四五）八月十五日はやってきました。すべての戦争が終わったのです。日本本土の街という街が空襲に焼かれ、広島と長崎に原子爆弾が落とされて、ついに日本は負けたのでした。このとき中国との戦争がはじまってから八年もの年月がたっていました。

戦争は終わったというのに、吉松部隊は、すぐには日本に帰れません。中国軍の捕虜となって、戦いで傷みはてた道路を直す工事にあたることになりました。

昭和二十一年（一九四六）二月のある日、かれらを喜ばす知らせが中国軍からとどけられました。吉松部隊を指名して植樹隊となるよう命じてきたのです。「中国軍は、おれたちが戦争中にやっていたことを知っていたのか！」と、みんなが驚きました。そしてあっちでもこっちでも兵隊たちが抱きあった。涙を流す者もいました。嬉しかったのです。

道路工夫から植木職人になったかれらは、敗れた国、日本を代表する気持ちで、ここ中国で命を失った戦友をしのび、一本一本、祈りながら植樹をつづけました。戦火で荒れた大地に青いものがつぎつぎと芽吹いていました。

しばらくすると、中国軍から感謝状が吉松のもとにとどけられました。戦争犯罪人としてとらわれた者が多いなかで、敵国から感謝状をもらったのは、おそらく吉松ただひとりではなかったかと思います。

感謝状をもらってから二年ほどの時間がたった昭和二十二年（一九四七）暮れ。吉松喜三はようやく日本の土を踏みました。故郷には緑などかけらもありませんでした。木枯らしが吹きすさぶ焼けあとの景色は目にしみ、その心を凍らせました。

かれは故郷の福岡県久留米市にもどると、ポンプの修理工としてはたらきだしました。機械にはくわしかったのです。

日々はたらきながらもその胸にわきあがってくるのは、死んだ部下の遺族、残された家族のためになにかをしたい、という思いでした。それを実行するとしたならば、久留米におさまっているわけにはいきません。

昭和二十八年（一九五三）の春、吉松は上京を決意しました。

戦争中、吉松喜三は国に命じられて戦地におもむいた。戦いを指揮する立場にあったから、作戦も立てたし部下に命令もした。それが軍人としての戦争中のかれの役割というものでした。しかしそれによって多くの死者を出したことへの罪の意識はけっして消えることがなかったのです。

東京に来てみると、かつての部下たちの消息がすこしずつわかってきました。中隊、あるいは大隊ごとに会をつくって会合をもっていることも吉松の耳に入ってきます。いよいよ吉松の活躍がはじまります。

まず、部隊の部下の遺族の消息をしらべました。すべてしらべ当てるまでにまる二年という時間がかかりました。

それと同時に、一家の大黒柱である夫を失って、食うや食わずの生活を強いられている遺族のために、「扶助料《ふじょりょう》」という名目でお金が出るように国の機関にもかけあいました。そして昭和三十年（一九五五）春、ようやく初の慰霊祭をおこなうことができたのです。終戦から十年の年月がたとうとしていました。

その日、靖国神社の境内の片隅に、記念として桜の苗木二本を植えました。

吉松は最初にくわを入れました。境内の固められた土をサクッと掘り起こすとき、ふと中国大陸の包頭《パオトウ》の町のすがたがまぶたにうかびました。宜昌《ぎしょう》の野戦病院で聞いた歌声も思いだされてきます。修道院を囲んでいた美しい緑の樹々も。そして自分のなかに、ゆっくりと時間をかけながら燃え出《い》でてくるなにかを感じていました。それは吉松がしばらく忘れていたものでした。

かれは思いました。そうだ、戦没者をなぐさめるためにも靖国神社の境内にある樹々の実から苗木を育て、それを遺族におくろうと。

このとき、靖国神社に奉納した桜樹が二本。これが〝緑の隊長〟にとって戦後植樹の出発となったのです。

靖国神社の係のひとに相談して、とりあえず銀杏の実で試してみることにしました。銀杏は靖国神社の主木でもあります。樹齢も二百年を超すほど長く、しかも天空にそびえる大樹ともなる樹です。

吉松は試しに銀杏の実を家の庭にまき、だいじに育ててみました。六月、ぽつりと芽を出しそれはやがて小さな葉をひろげました。

「シロウトでも簡単にやれる。まして遺族や戦友が手塩にかけて育てたら……」

吉松元連隊長の〝突撃〟が開始されました。しかし、今度は部下がひとりもいません。孤独な戦いです。しかもなんの報酬《ほうしゅう》もない。無駄な突撃になるかもしれない。でもかれはひるみませんでした。

靖国神社の厚意があって、境内の東北の一角のガレキの高く積まれた空き地を借りることができたので、さっそく整地にとりかかりました。そのいっぽう境内の銀杏の実を拾わなければなりません。昭和三十四年（一九五九）の秋のことでした。

落ちている実を拾うことなんか簡単じゃないか、とみなさんは思うかもしれませんが、そうではなかった。このころ銀杏の実を拾って売りものにしようと神社にやってくるひとが少なくなかったからです。そうでもしないとなにか食べものを買うこともできない貧しいひとが、戦後十四年たってもまだまだ東京にはいたのです。

元連隊長は、自宅のある中野から、いちばん電車の午前四時七分発に乗って出かけていく。懐中電灯をたよりに、晩秋の、夜の明けきらない暗い境内に五回も足をはこび、計一千四百個の実を拾うことができました。

「ひとりぼっちで玉ジャリを踏んで拾っていると、ふと、ひとつひとつの実に、死んでいった兵隊たちの魂がもどってきて、宿っているような気がしましてね。この実を育てて大木にしたら、その樹にそのひとたちの魂がもどってきてくれるのではないかと思ったのです」

南の孤島で、海底で、そして大陸の黄土に、ジャングルに、雪の荒野にとり残されたままの遺骨はいつ日本に帰ってくるのか。

戦争中、多くの遺族は、「遺骨」をわたされました。しかし中身は「英霊」と書かれた一枚の紙切れであることが多かった。

「そう思うと、もしやこの銀杏の実や苗を、ふるさとの土地で育ててもらったならば、これこそ遺骨の帰郷になるのではないか。部下の骨を拾って遺族にお返するのは、指揮官としての自分がやるべき仕事なのではないか。こんなふうに考えておりますと、不意に、光がどこからともなく射してきましてね」

こう語る元隊長の目からその頬に、スーッと光るものをわたくしは見ました。

吉松の銀杏の実拾いはその日から日課になりました。くる日もくる日も。そしてくる年もくる年も。やがて慰霊植樹は日本内地から、沖縄、サイゴン（現、ホーチミン市）、そしてなつかしの地である中国の安北、包頭にまでひろがり、苗木がたいせつに保護されておくられていきました。

それは、昭和三十七年（一九六二）の春のことでした。沖縄の忠霊塔のそばにまいた銀杏の実が、十個のうち七個まで芽を出し、いまでは十五センチにのびている、という嬉しい便りが吉松のもとにとどけられたのは。

前後して、中国の安北県の役所から、一通の郵便をかれは受けとりました。

手紙にはこうありました。

「戦争が終わったときに日本のみなさんが植えてくれた樹の苗が、いまではすっかり大きくなりました。五メートルの高さにのびて、青々とした長い並木になっています」

吉松は手紙を読みながら涙を流したそうです。その一本一本には思い出があります。戦うためにあの地を黙々と歩いたこと。記憶にあるあの地は、荒涼として一木一草もない黄土だったこと。そこにいま、緑が生い茂っているなんて！

「先日は、靖国神社ではじめてお会いしましたあなたさまより、銀杏の鉢植えをいただきまして、まことにありがとうございました。子どもたちと話しましたところ、長くたいせつに育てるため、〝父の木〟と名づけました。この樹を父と思い、たいせつに、たいせつにすることにいたしました」

多くが餓死したニューギニア兵団の慰霊に、子どもたちがぜひ行けとすすめるので上京してきたという、戦争未亡人からのお礼状の一節です。

それにしても、と吉松さんはいいました。

「苦しいことばかりでしたな。経済的にもまいりかけたことがたびたびあります。正直いって、一円にもならないことでしたから、気分的にすっかりめいってしまったこともある。でも、歯をくいしばってつづけてきました。それでよかった、といまは思います。近ごろでは、神社のご厚意で、一般のひとにもお分けできるようにしていただきました。苗一本につき百円のお志《こころざし》をいただいております。亡くなった方の霊をおなぐさめするつもりになっていただいて、百円を出してもらうのです。

こうして、昨年は百万円ちかい金額が集まりました。その二割を靖国神社にお納めして、あとは人件費や肥料などにつかわせていただきました。人件費というのは、わたしの給料、というか生活費です。はい、ようやく月に四万円ほどをいただく身分になりました」

吉松さんの古びた洋服のポケットには、靖国神社境内の樹木の地図が、いつもおさめられています。これで境内のどんな樹木も一目瞭然でわかります。この銀杏は実のなるもの、これはならないもの、この桜は山ざくら、こっちは吉野ざくら、というふうに。

一日も休まず通いつづけ、晴れた日はカンカン照りの太陽の下で、雨の日は傘の下でお昼ごはんをとり、ドロまみれになって、老隊長は毎年二万本にちかい苗木の世話をするのです。

苗を育てる畑には、壊れかけたベンチがひとつ置いてある。これに腰かけて、かれはときおりタバコをふかす。そして、道をへだてたとなりのミッション・スクールを眺めます。校舎の窓から、外国人の尼さんが、苗の手入れをする吉松さんのすがたを見おろしていることもあるらしい。

その影を見かけると、決まって、大陸緑化を志したあの七月十四日の、病床の、あのときの感動が心によみがえってくる。そしてまた、闘志がかきたてられるのです。

「つい先日のことなのですがね、靖国、つまり国を平和に安らかにする、そうするにはどうすればいいか。そんなことを考えながら、じっと靖国という字を見ていたのです。そしたら、思わず笑ってしまいました。青を立てる、これが靖国なんですね。〝自分のしてきたことでよかったのだ〟と、そう思えたのです」

老隊長は、こういってわたくしから視線をはずしてずっと遠くを見ました。

昭和四十四年（一九六九）七月十四日、それは志を立ててから三十年目の記念日でした。そして戦後の慰霊植樹をはじめてから十四年。

毎年おとずれる八月十五日の終戦記念日には、多くの遺族が靖国の境内をうめます。そのひとたちに、この銀杏を、桜の苗を残らずさしあげよう。

そしてカラになった苗の畑に、また今年の秋の実をまこう。こうやって二十年もたてば、それらは平和な緑で日本中を飾ることであろう。

「でもね、わたしも七十四歳になりましたから、その日までは、とても生きてはいられないでしょうけれど……」

と、老隊長はさびしくほほ笑んだのです。

この取材の日から半世紀もの時間が流れました。吉松さんはすでにあの世にいっています。

苗木はいまも、参拝記念樹として靖国神社の境内で販売されています。

あとがき

終戦七十五回目の夏に

二〇二〇年の今年は、あの戦争が終わってから七十五年の節目にあたります。そんなむかしに、さまざまな戦場で、日本の兵士たちが強《し》いられた戦いとは、はたしてどのようなものであったのか。それを若いみなさんに記憶しておいてほしい。

昭和三十五年（一九六〇）の夏から、当時『週刊文春』の編集者だったわたくしは、九カ月にわたって全国を駆けまわりました。旧帝国陸海軍の将校や兵士のみなさんから体験談を聞くために、です。本人に会い、関係者にも取材して一冊の本『人物太平洋戦争』を執筆しました。その数、三十九篇です。そのなかから、今回八篇をえらび、読みやすくわかりやすい文章に書きなおしました。

陸海それぞれの、もっとも過酷な戦場にいた兵士、見捨てられた島の兵士、責任をとった指揮官がここに登場いたします。あの戦争の、たしかな一断面を本人が語っています。

この本のタイトルにした、「靖国神社の緑の隊長」は、戦後ひたすらに、自分のやりかたで責任をとりつづけた末端の部隊長の物語です。そうでした、これだけは月刊『文藝春秋』に掲載した一篇でした。

文中にチラチラと登場する記者のわたくしは当時三十歳でした。

わたくしはゲラを読みながら北本正路少尉のチョビ髭を、加藤徳之助軍曹の映画で見る以上にふくよかな笑顔を、今村均大将のつるつるに禿《は》げた頭を久しぶりに想いだしました。吉松喜三大佐と靖国神社の一隅《いちぐう》で長々と話をした日のこと、吉松さんが何度も何度も「雑誌に載せることはやめてもらえませんかねえ」と頼んでいた言葉もはっきりとよみがえってきます。まさか半世紀もたって、ふたたび世に出るとは。吉松さんの困りぬいた顔が浮かんでくるのをとめることはできないのですが。

あれから六十年ちかくたって、ここに出てくるすべてのひとは幽明相隔《ゆうめいあいへだ》てるところへ旅立たれています。ただし、大江季雄少尉以外の方は靖国神社に祀られていませんが……。いま、フランスの哲学者アランの言葉が不意に浮かんできました。

「もし平和が戦争の経験のあとにしか来ないならば、平和は常にあまりに来かたが遅すぎる。平和は常に死者の上に築かれるのか」

この言葉どおりに、いまの日本の平和はここに書かれた人びとの犠牲の上に築かれて、七十五年もつづいている。これを心から尊く思いつつ、この本をもういっぺん、悪戦苦闘している読書界におくることにします。それにつけてもこの間、全面的な手助けをしてくれた私立編集者の石田陽子、担当編集者の小木田順子両嬢に「ありがとう」と謝辞をおくります。九十歳になったわたくしの本が一冊、また世に出るのですから。

二〇二〇年六月八日

半藤一利

解説

加藤陽子

今年一月に長逝した半藤一利さん。穏やかな死の床で生涯の伴侶・末利子《まりこ》夫人にこう語ったという。「墨子を読みなさい。／日本人はそんなに悪くはないんだよ。／ごめんね、先に死にます」。日本人は悪くない、ではなく、「そんなに」悪くはないんだよ、と言い遺《のこ》した半藤さん。編集者として初めて仕えた作家・坂口安吾から歴史探偵学を継承した歴史探偵が、「そんなに」に込めた含意は何であったのか。作品からたどってみたい。

作家にとって最初の作品には、作家の特徴の全てが内包されているという。三五歳の半藤が書いた『日本のいちばん長い日』（一九六五年）にもこれは当てはまる。玉音盤による終戦の詔書がラジオで放送されたのは四五年八月一五日正午。そこに至る内閣・宮中と徹底抗戦派との攻防の二四時間に光を当てた。多くが存命だった当事者に徹底的に取材し、史料を博捜した半藤。ポツダム宣言受諾による終戦がいかに紙一重の真剣刃渡りだったかを史劇として描いた。軍事力を有する集団が暴発する危険性への深い洞察。半藤の全作品を貫く核はここにあったのだろう。

自分は歴史探偵だと半藤はよく語っていた。だがこの自称、坂口安吾由来だという点を忘れてはならない。安吾は「堕落論」を「半年のうちに世相は変《かわ》った」と書き始めた怖い人だ。特攻隊の勇士は闇屋になり、戦争未亡人は使徒から人間になった、と続ける。歴史というものの持つ測り知れぬ力への鋭い感受性。安吾から半藤へと継承されたものはこれだった。

続いて『「昭和天皇実録」にみる開戦と終戦』（二〇一五年）を取り上げたい。公開された「昭和天皇実録」を通覧した半藤は、『日本のいちばん長い日』の自らの解釈の一部を修正すべきだと考える。新史料からは、敗戦前の天皇と軍隊との相克がより明らかになった。半藤は、八月一四日の二度目の聖断時の天皇の言葉を、軍人に対して敗戦を納得させるための必死の懇願と読むべきだという。八月一〇日の最初の聖断と地続きに読むべきではないとの新解釈だ。

ここで明治国家の設計者のプランを想起しておきたい。人心帰一の機軸として、神の代わりに天皇を置いた伊藤博文。政党からの影響を断つため、軍隊を天皇と直結させた山県有朋。国家壊滅の危機に瀕《ひん》した終戦時、天皇の命令に軍隊は従うのか。これが真正の賭けだったことを半藤の書は教えてくれる。

最後に『靖国神社の緑の隊長』（二〇二〇年、本書）を挙げよう。晩年の半藤は、夜郎自大的な歴史認識の跋扈《ばっこ》を憂え、正しい歴史認識に必要なのは歴史的リアリズムだと述べていた。その半藤の最後の書が若い人たちに向けての本だったことは興味深い事実だ。

帯の惹句《じゃっく》（単行本時のもの）が「こんなにも立派に生きた日本人がいた」だと、身構える読者もいよう。だがそこは半藤、まえがきに靖国の歴史をまとめてある。いわく、天皇の軍隊の戦死者を祀《まつ》る神社であること、戊辰戦争で負けた側の戦死者や、空襲・原爆の犠牲者は祀られていないことなど、わかりやすく述べている。

ある対談時に半藤が述べた印象的な言葉をご紹介したい。日本人の欠点は何かと考えると二つある、当座しのぎの根拠のない楽観性と排他的同調性の二つだと。この言を想起しつつ本書を読むと、物語の登場人物八人の将兵が、二つの欠点を免れた稀有《けう》な八人だと気づかされる。武器を持つ軍人の根源的な暴力をリアルに捉え、多くの作品群を世に問うた半藤。その半藤が最後に、市民として軍人として良く生きた人々を描いた。全体の帳尻として半藤は、日本人は「そんなに」悪くはないんだよ、と言い遺して逝ったのではなかったか。私はこう考える。

――東京大学教授

＊朝日新聞（二〇二一年二月一三日掲載）「ひもとく　追悼・半藤一利さん」より

挿画◎永島壮矢
本文デザイン◎石間淳
構成◎石田陽子
ＤＴＰ◎美創

この作品は二〇二〇年七月小社より刊行されたものです。

靖《やす》国《くに》神《じん》社《じゃ》の緑《みどり》の隊長《たいちょう》

半藤《はんどう》一《かず》利《とし》

令和3年8月5日　初版発行

発行人――――石原正康
編集人――――高部真人
発行所――――株式会社幻冬舎
〒151-0051東京都渋谷区千駄ヶ谷4-9-7
電話　03(5411)6222(営業)
　　　03(5411)6211(編集)
　　　振替00120-8-767643
印刷・製本―中央精版印刷株式会社
装丁者――――高橋雅之

幻冬舎文庫

ISBN978-4-344-43116-4　C0195　　は-39-1

幻冬舎ホームページアドレス　https://www.gentosha.co.jp/
この本に関するご意見・ご感想をメールでお寄せいただく場合は、
comment@gentosha.co.jpまで。